新　潮　文　庫

にぎやかな部屋

星　新　一　著

新　潮　社　版

2585

にぎやかな部屋

挿絵　真鍋　博

ここはあるマンションの上のほうの階の部屋。かなり広い。ひとことでいえば応接間兼事務所といった感じが強い。事実、ここに住んでいる家族は、この部屋をそのように使用している。いわゆる家庭生活は、この部屋につづく奥のもうひとつの室が使われているのだ。住人は夫妻とその娘ひとり。どんな商売かは、いずれのちほど……。

広いばかりでなく、上品で豪華なムードがただよっている。床には厚いじゅうたんが敷きつめてある。応接セットのソファーおよび二つの椅子《いす》は、皮張りで、どっしりとしている。それに付属しているテーブルもまた高価そうなものだ。これらは応接間らしさを感じさせる部分。

事務所的な感じのする点は、窓をうしろにし、貫録を示して置かれている机。一流会社の重役室に運んでもおかしくないような品だ。机と窓とのあいだにある椅子も、これまた、それにふさわしいもの。この大きな事務机をはさんで、やってきた来客がすわるための、それよりいくらか貫録のおとる椅子がある。

机の上に、よけいなものはなにもない。この点も、重役室に似ているといえる。机の上にのっているものといえば、電話機がひとつと、シャープペンシルと表紙のついたメモ用のノート。なぜ表紙がついているかというと、好奇心の強い来客に内容をのぞかれては困るからだ。やはり机の貫録にふさわしいといえるだろう。

机の上にはもうひとつ、異色なものがのっている。チンパンジーの頭蓋骨《ずがいこつ》で、まったく妙な存在。なんとなく気になる感じだ。

その貫録ある大型の事務机のそばに、つきしたがうような形で、小型の事務机がおかれている。大机を重役とすれば、こっちは秘書か受付用といったところ。いうまでもなく、その椅子もそれに応じて小さい。

部屋の一隅《いちぐう》には、書類を整理し保存しておくための金属製キャビネットが二つ並べておいてある。その上には花びんがあり、花がたっぷりいけてある。会社の重役室の花は、予算内で、うるおいへの義理で飾ってある感じのが多いが、ここのには景気のよさがある。もっとも、いけ花の技術の不足を、花の数でおぎなおうとしているような印象、なきにしもあらず。

部屋のべつな一隅には、衝立《ついたて》がある。ソフトな色彩の無地で、軽やかな感じ。事実、軽くできていて、下には小さな車輪がついており、簡単に動かせるものだ。衝立のむこうには、なにかがあるようだ。というと意味ありげだが、べつにたいしたものがあるわけではない。長い寝椅子がひとつあるだけ。疲れた時の昼寝用にいい。また、ここではそのほかのことにも使われているのだが。

壁には絵が一枚かざってある。現代風というのか、抽象がかった明るく楽しい画風。ずばりと形容すれば、スペインの画家、ホアン・ミロの亜流といったところ。

この部屋には、ドアが二つある。大机にむかって左手のほうに、大きなドアがひとつ。これを外側へ押しあけると、マンションの廊下へと出られる。だから、来客はここから出入りする。当り前のことだが。

それとむかいあって、つまり大机にむかって右手の壁に、小さなドアがある。これを押し開くと、ここの住人たちの生活しているもうひとつの室に行けるというわけ。

この部屋、事務所風といっても、住居とドアですぐつながっているので、ビジネス第一という感じが比較的うすい。一般の家の応接間の役割も持っているのだ。

そのほか、なにか説明し忘れている点はないかな。窓があることはさっきのべた。大机のむこうに大きな窓がある。そのそとの光景は、ここが都会のなかでの一級地であることを示している。一級地といっても、ビジネス街や繁華街のたぐいではなく、交通便利な高級住宅地のなかに建てられているという意味。したがって、閑静とはいえないかもしれないが、騒音だの、品のない音楽だのが聞こえてくることはあまりない。

その窓には厚手のカーテンがかかっている。厚いために、そとの光をさえぎることもできる。カーテンを全部ひいたら、部屋のなかはかなり暗くなるだろうが、いまは七割ほどあけられており、午前十時ごろの晴れた空からの光を受け入れ、けっこう明るい。

豪華な印象を与える部屋だ。それぞれの家具が高価であるばかりか、空間をたっぷり使っている。そのぜいたくさをうらやましがる人もあるだろう。いったい、どんな商売をしているのだろう。こんなところに住んでいる人は……。


大きな事務机の上の電話のベルが鳴りはじめる。鳴りつづける。やがて、小さなドアが開き、十三歳ぐらいの女の子が出てきて、受話器をとる。

「はい。さようでございます。あら、あたしよ。ウサコよ。あら、チコちゃん……。え、宿題のことですって……。でも、学校が休暇になったばかりじゃないの。そう急いでとりかかることなんかないわよ……」

ウサコはこの家のひとり娘。セーターとスカートという、ふだん着の姿。サンダル風の靴《くつ》をはいている。受話器をとってよそゆきのあいさつをしたが、電話の相手が同級の女の子だとわかり、くだけた口調になる。

＊

小さなドアから出てきたのは、ウサコだけではない。そのあとにつづいて、老紳士が音もなくあらわれた。七十歳を少し越した年齢。ひとくちで形容するとすれば、一流会社の社長というところ。それも、貿易商社か情報関連産業、あるいは精密機械の会社といったスマートさのある企業。身だしなみもよく、洋服も現代の流行をそれとなくとりいれた仕立て。姿勢もよく、スタイルも悪くないので、よく似合っている。

しかし、この老紳士に関して、目立った特徴がひとつある。色彩の変化がないことだ。服もネクタイも、濃淡の差はあれど、すべてブルー。赤や黄色のたぐいなど、少しもない。ブルーと白だけの服装だ。もっとも、顔の色まではブルーではないが、服装がそうなので、顔まで青ざめているようにみえる。いや、ウサコにくらべれば、たしかに青ざめている。

青ざめているような印象を発散しているのは、その老紳士の表情が悲しげなものであるせいでもある。姿勢はいいのだが、動作となると、しょんぼりした感じを与える。足音がたたないのは厚いじゅうたんの上だからだが、そうでなかったとしても、やはり足音を立てそうにない。

ウサコの若い活発さにくらべると、まったく、かげが薄いという感じだ。ウサコはひょいと大机に腰かけ、電話のおしゃべりをつづけているが、老紳士はそのうしろにさびしげに立ったまま。

＊

ウサコは電話を楽しげにつづける。

「いまから宿題のこと、あれこれ考えるなんて、チコちゃん、あなたまじめねえ。早く片づけちゃって、お家《うち》の人と旅行にでも行く予定かなんかあるの……。そうじゃないんだったら、なにも急ぐことないと思うけどな……。あら、そうなの。あっというような問題をとりあげ、研究報告をまとめ、先生やみんなを、びっくりさせたいってわけね。あなた、ほんとにまじめな勉強家ね。それとも、ひと目をひくのの好きな性質なのかしら。あたしは適当にやっちゃうつもりだけど……」

電話のおしゃべりはつづく。

「……でも、相談されても、どんなことをとりあげたら先生やみんながあっと言うのか、あたしにもわかんないなあ。社会問題だの、物のねだんだのは、おとなの学者なんてのがやっちゃってるしね。あたしたちの手にはおえないわ。むりにやれば、なまいきに思われるのがおちね。科学的なことも、おんなじだわね。お天気調べなんか、もっと小さな子のやることだし、自分でなにか問題をみつけて調べましょうと言われても、困っちゃうわね……」

ウサコ肩をすくめる。

「……え、あたしのほう……。この近所にのら犬がいるのよ。このマンションのどこかにいた人が、引っ越す時に捨ててっちゃったのね。小さいけれど、高級な種類のようよ。それが、のら犬になっちゃったの。その犬の一日でも、観察しようかなあって、考えてるのよ……。あら、大変なことはないわよ。窓から双眼鏡で眺めていて、途中は適当にお話を作って、つないじゃえばいいんですもの。おちぶれた犬。みんな、そんなとこでぐっとくるはずよ。人間って、なんて自分勝手なんでしょうって。そこがあたしのつけ目なのよ。犬が夜になってどこで眠るかのあたりをちゃんと書いとけば、観察記録らしく仕上っちゃうんじゃないかしら。でたらめかもしれないと、たしかめにくるはずもないしね。うふふ……」

ウサコはちょっと笑う。

「……チコちゃんとこじゃ、熱帯魚を飼ってたわね。そこでピラニアでも飼ってみたら。南米の川にいる、人間や牛なんかを、すぐに食べちゃうとかいうお魚《さかな》よ。パパにねだって買ってもらいなさいよ。そしてね、なにを食べるか、どれくらいの早さで食べるか、観察してみるのよ。カツブシ一本、何匹のピラニアが何分かかって食べるのか、あたしなんか知りたいけどなあ……」

そうウサコは提案したが、電話の相手はあまり満足しないらしい。ウサコ首をかしげる。

「……あまり気が進まない……。困ったわねえ……。そんな野蛮なんじゃなくて、もっと高級で、チコちゃんにできることとなると……。あ、あった。うちへ来て、ママに話を聞きなさいよ。あたしのママの説だと、人間にはそれぞれ、死んだ人の霊魂がとりついているんですって。こんなことなんか、どう……」

ウサコはにこにことまわりを見まわす。

「……あら、そこがいいんじゃないかしら。あなたいま、まあ、本当だったらいやあねえって、言ったでしょ。あなたがそう感じるんだったら、先生やほかの人だって、そう思うわけでしょ。みんな、あっと言って考えこむはずだがなあ……」

しかし、電話の相手は、いまの話に恐怖をおぼえはじめたらしく、ウサコはその対策に手をやきはじめる。

「……そんなに気にすること、ないじゃないの。しっかりしてよ。ねえ。こわがったりしないでよ。ママの思いついた説にすぎないんだからさ。あたしはでたらめだと思ってるのよ。いまの話、忘れちゃってよ……。忘れられないって……。今夜ひとりで寝られそうもないって……。困っちゃったわね。でたらめだってば……。霊魂なんて、あるわけないいじゃないの。人間とは、生きているあいだだけのものよ。ね。あやまるわ。元気づけてあげる。これからちょっと会いましょうよ。あたし、このマンションの下で待ってるわ。近くに、おいしいアイスクリームの店をみつけたの。それ、おごってあげるわ。もっと楽しいお話もあるのよ。じゃあね。すぐによ……」

やっとウサコの電話は終る。受話器をもどし、机からぴょんとおり、部屋のなかを歩きまわりながら、ウサコはつぶやく。

「こわがりんぼ。チコちゃん、まじめなとこあるから、困っちゃうわ。いまの話を本気で考えはじめて、ふるえ声になっちゃうんですもの。だけど、普通の人はそう感じるものなのかしらん。あたしはママが何回もしゃべっているのを聞きあきちゃって、なんとも思わないけどな。親のえらさは、こどもにわからずか……」

ウサコのびをする。

「……ああ、やっかいなこと言っちゃった。チコちゃんを、どうだまして元気づけてやろうかな。弱っちゃったなあ。うそっぱちだと説明しては、ママの商売をじゃま

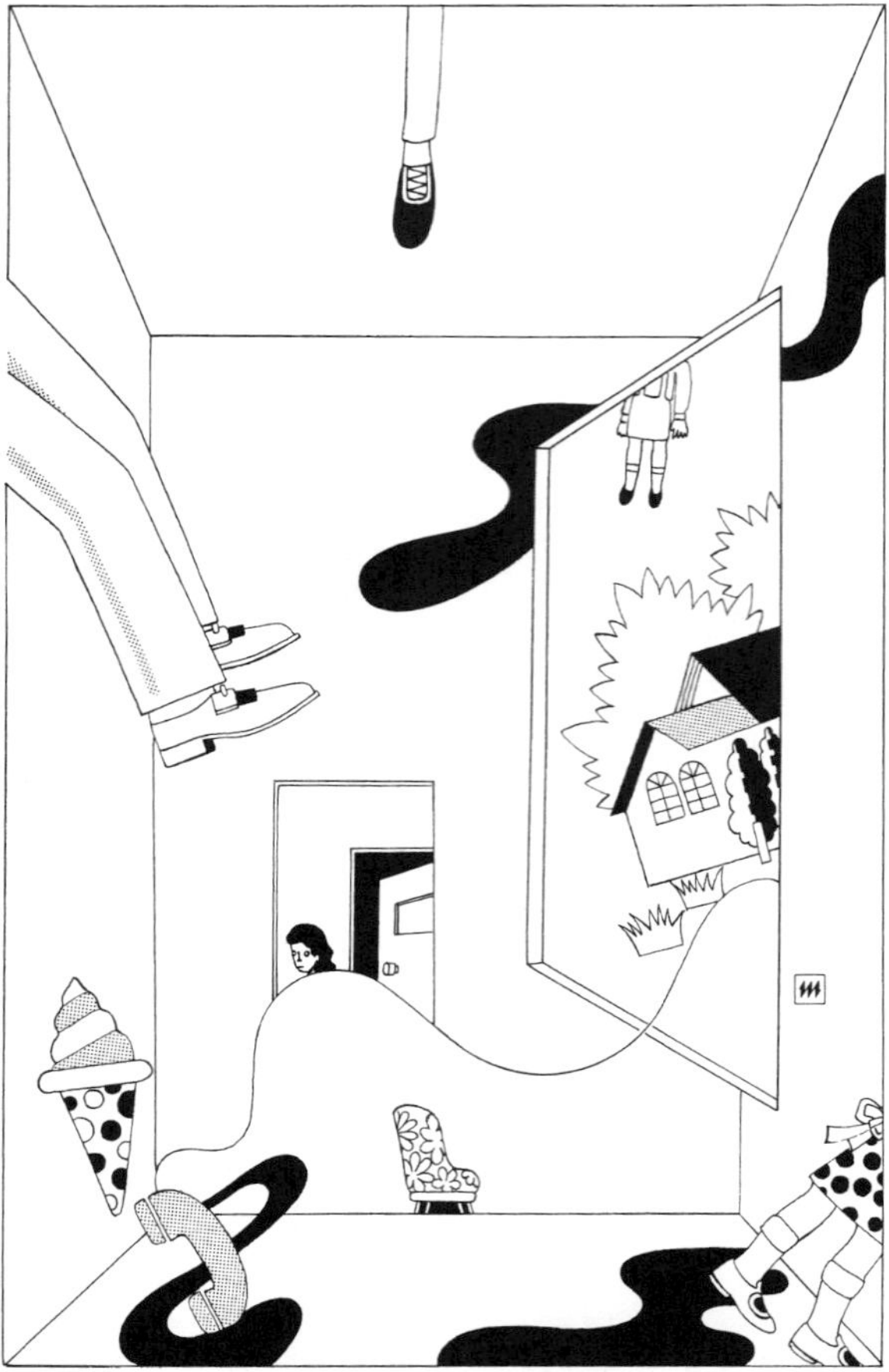

することになっちゃうし、取り消さないと、チコちゃんは安心しないだろうし、義理と人情の板ばさみってとこね。チコちゃんにとりついてる霊魂は、ピーターパンよ、なんてことで、チコちゃんごまかされてくれないかなあ。童話の主人公も霊魂になりうるってとこを、どううまくごまかすかよね……」

＊

ウサコが歩きまわるにつれ、かげの薄い青ざめた老紳士、そのあとにくっついて歩く。そして、ぶつぶつつぶやく。

「おもしろくない。ああ、うらめしい。なにもかものろいたくなる……」

声も表情も、陰気に沈んでいる。しかし、その声も、けはいも、ウサコはちっとも感知しない。かたわらに人なきがごとし。ウサコは少女特有の、いたずらっぽくほがらかな動作。

＊

ウサコは小さなドアをあけ、そのむこうの室に言う。

「ママ。ちょっと出かけてくるわね。チコちゃんと宿題の話をしてくるの。ううん、すぐ帰ってくるわ……」

スカートのポケットから財布を出し、そのなかの貨幣を手のひらの上にのせて数え、また財布にもどし、ポケットにしまう。アイスクリーム代のあるのをたしかめたわけ。小さなドアをしめ、ウサコは部屋を横切り、大きなほうのドアをあけ、そとの廊下へと出てゆく。

＊

青ざめた感じの老紳士も、ウサコに引かれるようにして歩き、そのドアから出る。ドアはふたたびしまり、ほんのしばらく、部屋のなかは無人。

＊

小さなドアから、三十八歳ぐらいの女性があらわれる。ウサコの母、つまりこの家の夫人。どちらかといえば、やせているほう。現代風の普通の洋服を着ている。手に大きな紙ナプキンを一枚もっている。

「机の上だけは、きれいにしとかなくちゃあね」

まず、部屋の大机の上をふく。さほどよごれていないので、簡単にすむ。大机に付属する豪華な椅子にかけ、チンパンジーの頭蓋骨に片手をのせ、ちょっと神秘的な表情を作ってみる。なれた動作。

＊

この夫人、ひとりで出てきたのではない。

そのあとから、大正時代あるいは昭和初期を思わせる服を着た、二十五歳ぐらいの、どことなく古風な感じの青年が、だまって悲しげについてきた。

この青年も、さきほどの老紳士と同じく、どことなくかげが薄く、白およびブルーの濃淡だけの、単一の色彩の身なり。夫人が椅子《いす》にかけると、そのうしろにじっと立ち、時どき、ゆっくりと首を動かし、小さなドアのほうをうらめしげに見る。

＊

夫人は神秘的な表情をやめ、椅子から立ってカーテンをすっかりあける。部屋はさらに明るくなる。夫人も明るい動作で、掃除をつづける。電話機だの、小さなほうの机だののよごれを、手の紙ナプキンでふきとる。そのうち、勝手なふしをつけた即興の歌をほがらかに口からもらす。

「うちの亭主は、ばか亭主、
お金のふえるの大好きで、
お金をふやすの大好きで、
妻よりずっと愛してる。
やってる商売、高利貸。
お金のことなら、にーこ、にこ、

あたしにゃ、がみがみ、
お金にゃ、あは、あは……」

＊

古風な青年は、夫人のあとを力なく歩いてつきまといながら、つぶやいている。

「ああ、さびしい。たとえひとときでも、別れるということは、こうもさびしいことか……」

＊

小さなドアから、やはり三十八歳ぐらいの男があらわれる。ウサコの父にして、この夫人の亭主。すなわち、この部屋を含めた住居のあるじ。自宅にいるわけだが、いつ来客があってもおかしくないという服装。いくらかふとっており、陽性なところがある。

「くだらん歌うたうな。いや、うたうなとはいわん。うたわないでいると、内心のもやもやが発散せず、おまえの精神衛生上よくあるまい。わたしの耳に入らんとこで歌え。おまえはむこうの室を掃除しろ。わたしはここで書類を見る」

「そうするわ」

夫人は紙ナプキンをくずかごのなかに捨て、小さなドアから別室へ去ってゆく。かわって、亭主が部屋のなかに立つ。

＊

この亭主のうしろにも、ブルーを基調とした単一色彩の人物が、ものがなしくくっついている。十九歳ぐらいの女性。青年と同様、大正時代から昭和初期にかけての服装。やはり、青ざめたかげの薄い感じ。

亭主と夫人とがすれちがう時、この女も青年とすれちがうが、顔をみあわせるだけに終る。一瞬間のことなのだ。

この女、亭主の歩くのにつれ、あとにしたがいつづける。古きよき時代の上流階級を思わせる、しとやかな動作。

＊

亭主、キャビネットのなかから書類を出し、目を走らせ、微笑する。

「仕事はすべて、万事順調。福の神さま、どうぞ。こちら福の神、そのままつづけて下さい。了解、了解、か……」

そうつぶやき、書類をもどす。なんということもなく、部屋のなかを歩きまわり、壁の絵の前で足をとめる。手を合わせて絵をおがむ。その一瞬、亭主の顔は真剣になる。これについては理由があるのだが、そのわけはいずれのちほど……。

亭主はにこにこ顔にもどり、絵を眺め、絵の構図を指でなぞりながらつぶやく。

「なかなかの名作だ。もっとも、わたしがそう感じるだけだろうが、絵なんてものは、それでいい。いつだったか、若い男から貸金のかたにとりあげたものだ。あいつ、金銭を担保にお金を貸してくれ、なんて言いやがった。こっちはきもをつぶしたね。正気のさたとは思えないものな。しかし、この絵の題名が〝金銭〟だったというわけ。ふざけた話だが、そのユーモアは気にいった。ユーモアはアイデアであり、情報だ。価値がゼロとはいえない。たまには、ああいうやつも来てほしいね……」

亭主は、そのミロの亜流の絵の前で笑う。

「……しかし、この絵もいろいろと役に立ってくれている。世の中のやつら、金銭の話となると、どういうわけか固くなる。お客との交渉がゆきづまった時、この絵を見せて、そのいきさつを話題にする。お客は笑いだし、こっちはそのすきをついて、商談を有利にまとめてしまう。この絵の入手に使った金の、何倍もの利益をあげた。これからもあげつづける……」

亭主は絵を眺めなおす。

「……それにしても、いい絵だな。この曲線なんか、複利でふえる率を暗示している。なめらかに、やさしく、しだいに高まる快感のカーブ。明るい色彩。それらが集って笑いを構成している。まさに、〝金銭〟だ。武士は食わねどなんてのは、はるか昔の道徳律。笑うかどには福きたるこそ、古今の真理。逆もまた真。福すなわち金銭が集れば、しぜんと笑いもこみあげてくるというわけさ。それなのに、銀行員って、なぜ笑わないんだろう。大黒さまみたいな銀行員に会ったことがない。動かしているのが他人の金なので、そんな気にもなれないのかもしれないな。金銭の交通整理係というわけか……」

亭主、絵の前をはなれ、大机の椅子にかけ、チンパンジーの頭蓋骨《ずがいこつ》にむかい、ふざけ半分の敬礼。それから勝手にうたう。

「うちのワイフは、ばかワイフ、
つまらんことが大好きで、
やってる商売、占い師。
口から出まかせ、舌まかせ、
吉ですけれど、ご用心、
凶ですけれど、希望あり、
あんなことして、どこがいい、
いんちき商売、いいところ……」

＊

亭主のつぶやきのあいまに、あとにしたがっている、かげの薄い古風な女、時どき悲しげにくりかえして言う。

「ああ、つらいわ、悲しいわ……」

＊

亭主、応接セットの椅子のひとつに移る。と同時に、小さなドアから夫人があらわれる。

「むこうの掃除もすんじゃったわよ」

と言い、そばの椅子にかける。

＊

それにともない、それぞれのあとにくっついている古風なる青年と女、やっと近づくことができた形。二人はあたりかまわず抱きあい、相手の名を呼びあう。

「春子さん……」

「昭一郎さま……」

いままでの悲しげな表情は消え、うれしさと変る。いつまでもはなれたくないという感じで、ずっと抱きあいつづける。

＊

夫人、亭主に話しかける。

「あなたって、ばかみたいにお金もうけが好きねえ。お金なら、もう、けっこうたまったじゃないの。一生くってけるぐらいはあるわけでしょ。一生くってけるぶんの何倍もためこむなんて、どう考えたって意味ないわ。ためこんだ金額に比例して、寿命もそれだけ伸びるという原理があるならべつだけど」

「よけいな口を出すな。これはわたしの趣味だ。そのうえ実益と一致しているから、確固たる信念の裏付けもある。なんと言われても、びくともしない。生きがいというやつだ。生きがいは計算を無視する。いま地球上にある核兵器のことを考えてみろ。全人類を何回にもわたって全滅させるだけの量があり、しかも、ますますふえる一方だ。計算上からいえば、一回だけ全滅させる量があればたくさんのはずだ。そこが人類の面白いところさ。生きがいなんだろうな。趣味と実益の一致による現象。わたしも人類の一員だから、かくのごとし。わたしのような者の集合体が人類だから、人類またかくのごとし。うまく理屈が通ってるじゃないか……」

亭主は楽しげに大笑い。夫人はいささか軽蔑《けいべつ》の表情。

「でもねえ、金貸しなんて仕事、古いわ。陳腐よ」

「古いということは、人間の本質と結びついていることを意味する」

「もう少し気のきいた生きがいは考えつかないの。利息かせぎなんて、同じことのくりかえしじゃないの。毎回手法を変え、千変万化、アクロバットのごとく利息をかせぐのなら、まだわかるけど、ただただ無限のくりかえし。よくあきないわねえ」

「くりかえしのところにアクセントをおいちゃいかん。無限のほうにアクセントをおいてくれよ。限界のない楽しみとなると、ほかになにがある。スポーツもいいが、その記録にも限度がある。食い道楽もいいが、いかにがんばったって、一回に腹いっぱいぶんしか楽しめない。なにかのコレクションとなると、場所がいる。古道具あつめに熱中してたら、いまはこの部屋もがらくたで一杯、わたしたちはそれに押しつぶされて死んでるぞ。そこへゆくと、金をふやすことには限界がないというわけさ」

「ふうん」

「だがね、べつな道楽を空想してないこともないんだ。貧乏記録、借金の新記録というやつさ。お客の相手をしながら、ふっとそれを考える。一個人で、どれだけの大赤字が作れるものかと。赤字で借金がふえるにつれ、当然お金が借りにくくなる。それがどこまでふやせるかだ。獅子奮迅《ししふんじん》、阿修羅《あしゅら》のような努力を必要とするだろうな。やってみようか」

「ばかねえ」

「それみろ。裏がえしてみて、はじめて表のよさがわかる。そこでだ、おまえのやっている趣味と実益の商売、占い師商売というやつ。これは裏がえしようがない。古くて陳腐だ。金銭の発生より古いだろうよ」

「古いということは、人間の本質と結びついていることを意味する……」

「どこかで聞いた文句だな。しかし、占いをやってて、どこが面白いのか、わたしにはさっぱりわからない。根拠もなにもない空虚な話を展開しているだけだ。ゼロというか無というか、それをふりまわして喜んでいるだけのようだぞ」

「ゼロだからいいのよ。世の中の人は、有形無形、くだらないものを持ちすぎている。持てあましている。だからこそ、ゼロにあこがれてあたしのところへやってくるのよ。いまやゼロこそ高価な商品。みなお金を持って、ここへ買いに来る。そして、お金を払う気になると、そのとたん当人の心のなかで、ゼロが一段と崇高な輝きを示しはじめる。その結果、お客たちはあたしのご託宣をありがたくうけたまわり、指示に従おうという気になるわけよ」

「ゼロを売る楽しさか。ゼロなら、いくら売っても品切れにはならぬ。無限に楽しめるというしかけだな」

「そうじゃないわよ。あなたって無限が好きなのね。あたしの好きなのは、占いのあとの効果のほう。他人を動かす楽しみよ。支配欲の満足とでもなるのかしら。これは興味ある問題だろうと思うけどなあ。かりに社会が進歩して、なんでも思い通りに手に入れることのできる時代となったとする。そこにおいても、決して万人の手にゆきわたることのない、最後の最後まで残るもやもや。それは他人を支配する楽しさじゃないかしら。みんなが支配欲を楽しめる社会って、想像できて……」

「大変な議題が提出されたな」

「それほど大げさなものでもないけどね。打ちあけたところ、占い師商売、どこが楽しいかというと、お客から受ける尊敬の視線ね。男女の別なく、あたしに尊敬の目をむけてくる。これがたまんないわねえ。もともと女性に対して、男性はある種の視線をむけている。女性が若くきれいなあいだだけのことだけどね。そこへゆくと、あたしの場合、男からも女からもよ。しかも、あたしの若さがおとろえても、その視線の弱まることがない。としをとればとったで、神秘的なとこが増すんじゃないかしら。年齢は女性の最大の敵だけど、あたしにとっては、年齢なんかこわくない、よ……」

「ふうん、そういうものかねえ……」

亭主まじめな顔つきになる。夫人、それを指さして言う。

「そういう表情を、営業の時に使うべきよ。お金のこととなると条件反射的に、にこにこっとなるあなたの癖、どうにかならないの。ちょっとおかしいんじゃないかしら」

「話題が金銭に及んだり、金銭を見たりしたとたん、厳粛な顔になる連中のほうが、わたしにはわからんね。お金に心あれば、そんなやつのところはいごこちが悪いはずだ。選挙の時、にこにこ候補者に票が集るごとく、お金はわたしをしたってむらがってくる。しかし、まあ、こんな議論はきりがない。議論うちきりに最適な文句。ようするに、これがわたしの生きがいなんだ」

「さっきから、生きがいって言葉がよく出てくるわね。あたしんとこへ来るお客たちも、さかんに生きがいがどうのこうのと言う。なんで、こんな言葉がはやるようになっちゃったのかしらね」

「よくわからんが、むかしの人たちは死後の世界の存在を信じていた。だから、生きがいなんて考えずに平然と生きていられたんだろうな。死後の世界を真に迫った形で描きあげた宗教、それを発明したやつは、えらいものだな。ところが、それが崩れてきちゃった。つまらんことをしたものだ。人生とは限られた一回きりのもの。こうなってくると、あせらざるをえない。あれもやりたい、これも体験してみなければ。やるべきことがあまりに多すぎ、どれを選んだものか迷いはじめる。あせればあせるほど、まわりが見えなくなる。生きがいの重点をどこにおいたものやら、わからなくなる。そんなとこが原因じゃないのかな」

「そういえば、正義をつらぬくのが生きがいって人、むかしはたくさんいたようね。道徳にのっとった正しい人生をこの世ですごせば、あの世でいいむくいをうける。むくわれる。だからこそ、正義に生きられたんでしょうね。だけど、いまはだれも死後を信じない。信賞必罰のルールがぼやけてきた。となると、正義なんてことに人生をついやしてはいられない。といって、ほかになにがある。みな不安そうな顔で生きがいに迷うのは、そのためかもしれないわねえ」

＊

一方、かげの薄い古風な青年と女、つまり昭一郎と春子、抱きあいながら愛のささやき。

「昭一郎さま、あなたといっしょにこうしていられて、あたくし、どんなにうれしいことか、口では言いあらわせないほど……」

「ぼくもだよ、春子さん。こんなふうになれるとは、生きているあいだに、夢にも思わなかった」

「生きているあいだは、苦しかったわねえ」

「ああ、おたがいに心のなかでは愛しあっていながら、どうしても結婚が許されなかった。家庭どうしの対立という理由でね。愛の思いが高まれば高まるほど、苦しさと胸の痛みも強くなった……」

「あたくしの父が頑固《がんこ》すぎたのね」

「ぼくの父もそうだった。いっそのこと勘当して家から追い出してくれともたのんだのだが、それさえ許してくれなかった。ついには、むりやり外国へ留学させられることになった」

「その時だったわね。あたくしたちが、かけおちをしたのは……」

「そうだった。しかし、すぐに両方の家から追手がかかった。警察にも捜索願が出された。ぼくたちは逃げまわったものだったなあ」

「そのあげく、とうとう追いつめられてしまいましたわね」

「ある海岸のがけの上だった。そこでぼくたちは、おたがいの愛情をたしかめあった。別れては生きていられない、いっしょに死ぬ道を選ぶ以外にないと」

「ええ、この世では、あたくしたち結ばれない。この上は、あの世でいっしょになりましょうと。そして、いつまでも楽しく、あたくしは昭一郎さまのおそばにいますと

……」

「ぼくもそう言った。天国で心おきなく、愛を語りあい語りつづけようと。しかしね
え、死んでから、ほんとにこうなれたとは……」

「死んだかいがあったというものね」

「こういうしくみと前からわかっていたらなあ。生きているあいだに、あんなに悩む
こともなかった。春子さんへの恋しさがこのままつのると、ぼくの頭は狂ってしまう
んじゃないかとさえ思ったものだ」

「あたくしもよ。いまの生きている人たちのなかにも、あたくしたちみたいな立場の
人がいるんじゃないかしら。それを考えると、気の毒ね。知らせてあげたいわ、実情
はこうなんですって……」

「つまらないこと考えるんじゃないよ。ひとのことなんかどうでもいい。この愛は二
人だけのもの。苦しみ悩んだあげく、やっとぼくたちがつかんだしあわせだ。これを
安易に手に入れるやつらが出てきては、面白くないよ。もっとも、最近は愛に命をか
ける人も少なくなったみたいだがね。また、第一、知らせようったって、できっこな
い。ぼくたちの声は、生きている人たちには聞こえないんだから。それにだよ、ばた
ばた心中する者が続出したら、ことだ。たとえば、この家のこの夫妻、生きてるのが

面倒だと心中されたら、ことだ。ぼくたちはまた、とりつくべき新しい相手をさがさなければならない。いっしょにいる時間の長い人物をね。うまく適当なのがすぐ見つかればいいが、へたしたら、しばらく別れ別れになることになる」

というわけ。それぞれの人物のあとにくっついている、かげの薄い者たちは、いずれも死後の霊魂。この霊魂たち、現世の人たちの言動をすべて見聞できる。しかし、その逆は不可能。霊魂たちがいかに大声をあげようと、あばれようと、現世の人たちにはなんの影響も及ぼさない。すなわち、生きている人たちが、霊魂の存在に気づくことはないのだ。なお、霊魂たちは、それぞれとりついている人物から、ある距離以上はなれることはできない。人物が動くと、それに引っぱられるように、あとをついて移動しなければならない。

＊

亭主、思いついたように夫人に言う。

「しかしだ、考えてみると、わたしたち、性格不一致もいいところだな。典型的なほどの、性格の不一致。みごとな離婚の条件だ。なんでわたしは、こんなばかげたワイフといっしょにいるんだろう」

「またまた大変な議題が提出されたわね。そう言われてみると、そうね。こんなばかげた亭主といるなんて。いっしょにいなけりゃ食ってけないわけじゃないし……」

「ひとつ真剣に離婚を考えてみるか」

「新鮮で刺激的なテーマだわ」

＊

霊魂の昭一郎と春子、その会話を聞き、驚いて顔をみあわせる。

「あら、昭一郎さま。別れるなんて言い出しましたわよ。困ったわねえ。まかりまちがっても心中や離婚はしない夫婦と思って安心していたのに、本気だったらことですわね。しばらくのあいだ、別れ別れになってしまう。いやよ、あたくし、そんなこと。どうしましょう」

「そうはならないですむと思うがなあ」

＊

亭主、夫人に言う。

「しかし、なあ、真剣に考えてみると、おまえのように風変りなばかげた女となると、めったにえられない存在かもしれない。余人をもってかえがたいところがある」

「ご同様よ。あなたみたいなばかげた亭主、あたしのところへ来るお客のなかにもいないわ。天然記念物的なものよ。いままでつづいてきたのは、そのせいかもしれないわ。性格の不一致こそ、家庭ながつづきの基礎」

「そういえばそうだな。性格が似ていればいるほど、破局は生じやすいものかもしれない。おたがいに相手をばかげていると思っているほうが、すべてうまくゆくものかもしれない。まったく、おまえは面白い女だ。愛すべきところがある。もっとも、おれにとっては、お金をふやすことのつぎに位置しているがね」

「それでいいのよ。第一にお金、第二にあたし。無事だわ。これが、第一によその女、第二にあたし、第三にお金となると、ちょっとおだやかじゃないけどね。典型的な家庭悲劇……」

「おまえにとっても、わたしはそんなとこか。まあ、いいだろう。ばかげているという一致点こそ、われわれのきずな。愛は一時的なもの、ばかげていることこそ永遠」

＊

昭一郎は春子に言う。

「ほらね、なんとか無事におさまったようだ。そう心配することはなかったよ」

「そうね。ほっとしましたわ。でも、あたくし、昭一郎さまと少しでも別れなければならないかと思うと、思っただけで悲しくなってしまいますの」

「春子さん、ぼくもだよ。愛こそ、ぼくたちをつなぐ永遠のもの……」

二人はあらためて抱きあう。

＊

ウサコ、廊下のほうの大きなドアから、郵便物をいくつかかかえて帰ってくる。

「ただいま。やれやれ一苦労しちゃったわ。あるものをないとごまかすより、ないものをないと信じさせるほうが、ずっと大変ね。あたしまで、頭がおかしくなりかけちゃった。そもそも、ありはしないんだから、ないと言えばすみそうなものだけど、それがそうもいかないのね。あんなこと言ってるけど、じつはあるんじゃないかと、いつまでも疑われちゃう」

亭主、ウサコに聞く。

「なんのことだい。借金でも申し込まれたのかい。ボーイフレンドのことかい。それとも、カンニングのぬれぎぬのことかい」

「そんな高級な問題じゃないのよ。もっと、うんとつまんないこと……。ほら、郵便がいっぱいきてたわ。それから、チューインガム買ってきたから、一枚ずつあげるわ。かんでいると、なんとかいう成分が唾液《だえき》とともにのどをうるおし、声がよくなり、おしゃべり好きの人にいいんですって」

ウサコ、応接セットのテーブルの上に郵便物をおく。また、チューインガムをそれぞれに渡す。自分は郵便物のなかからデパートの広告のをひとつ抜きとり、ソファーの上に寝そべって眺める。亭主と夫人は、さっきからこのテーブルのそばの椅子にかけていた。郵便物をよりわけ、封を切ってつぎつぎに目を通す。ちょっとした一家だんらんの光景。しかし、三人ともチューインガムを口に入れているので、しばらく無言。

*

ウサコとともに、霊魂の老紳士も戻ってきている。昭一郎と春子とは、ずっと抱きあい、顔を見つめあっている。老紳士それを見て、さびしげな表情に、にがにがしげな表情をもつけ加え、ぶつくさ言う。

「おもしろくない。ああ、うらめしい。なにもかものろいたくなる。それに、なんだ、あの二人。ひまさえあれば、いちゃつきあっている。人目をはばからず、いい気なもんだ。いまどきの若い者ときたら、まったく、いい気なもんだ。節度というものをわきまえない……」

昭一郎の霊魂、それを聞きとがめ、春子と抱きあいながら、顔だけ老紳士のほうにむけて言う。

「また、それを言う。いいかげんにしなさいよ。この霊魂の世界においては、ぼくたちのほうがずっと古い。あなたは、ついこのあいだ、やってきたばかり。うまれたばかりの、ひよっこみたいなものですよ。つまり、新入り。新入りは新入りらしく、おとなしくしてなさい。ぼくたちの愛のじゃまをしないで下さい。あなたの声、現世の人間たちには聞こえなくても、ぼくたちの耳には入るんですよ」

「いや、たしかにそうでした。ここでは、あなたがたのほうが先輩でした。失礼おわびします。なにしろわたし、死んでまもないもので、時どき、自分が生きてるんじゃないかとの錯覚にとらわれる。なんだか、まだ死んだという実感がしないのです」

「その点はわかりますよ。だれでも最初のうちは、そういうものです」

「死んでからうろうろしていると、だれかが、あいている人物をみつけてとりつきなさいと教えてくれた。あたりを見ると、ウサコとかいう、この少女がいた。かわいらしい子だ、しめたとばかり飛びついた。しかし、ちっともいいことがない。江戸小話を思い出しましたよ。ある美しい女にほれこんだキツネ、とりついてみたはいいが、どうってこともない。しまった、となりの家の若旦那にとりつくべきだった。そんなのがありましたねえ。もっとも、この子、まだそれほどのお色気のある年齢でもないが。お色気があったところで、しようがないわけか。まったく、つまらない。悲しく、うらめしい気分、わたしは死にたいくらいです」

ぐちをこぼしつづける老紳士を、昭一郎はなぐさめる。

「死んでしまったのですから、はらをきめなくてはいけませんよ。元気をお出しなさい。われわれ霊魂はキツネとちがうんですから、となりの若旦那にとりついたって、どうってこともありませんよ。現世の常識から、早いところ脱却するよう、努力することですね。未練をいいかげんで捨ててしまわなければいけませんよ。いずれ、いいこともありますよ」

「そうですかねえ」

「われわれ霊魂とは、自分の意思でハンドルをまわせない自動車に乗っているようなもの。行先不明のトラックの荷台に乗っているようなもの。そわそわしたって、どうしようもありません。あいている車をみつけたら、近くにいった時に、さっと乗りかえればいいんです。あるいは、だれかにとりついている霊魂に交渉し、相談ずくで、かわってもらうかすればいいでしょう」

「そういうことができるのですか。じゃあ、機会があったら、さっそくそうするかな」

「ご自由に、と言いたいところだけど、ゆっくりかまえたほうが賢明ですよ。そのウサコの休暇が終り、学校がはじまれば、そこであなたも、いろんな霊魂と毎日顔をあわせることができるわけです。その連中と話しあってからにしたらどうです。どうせ時間はたっぷりあるんですから」

「そういうものかもしれませんね。さまざまなご忠告、ありがとう」

老紳士はお礼を言う。春子、すこしいらいらしはじめ、昭一郎の顔を手で自分のほうにむける。

「ねえ、昭一郎さま……」

紳士、あやまる。

「お楽しみのおじゃまをし、申しわけございません。どうぞ、おつづけ下さい」

昭一郎と春子、むかいあって立ち、両手をにぎりあい、仲のいい光景にもどる。老紳士、目のやり場に困ったような表情になり、それじゃいかんのだと考えなおし、そのうち首をかしげて、小声でつぶやく。

「霊魂に時間はたっぷりある、あせることはないなんて言っておきながら、あの二人、時間を惜しんで、あつあつムードにひたっている。どういうことなんだ……」

＊

大きな机の上の電話のベルが鳴る。夫人、チューインガムのかすをくずかごに捨て、受話器をとって言う。

「はい、こちら、現代人生設計相談室でございます。で、ご用件は……。はあ、至急にお金を借りたいと……。ご予約なさっておいでですか……。ご予約なしですか。あらかじめご予約の上でないと、うちは……。え、この電話をご予約と思って下さいですって……。それも理屈ですわねえ。では、ちょっとお待ちを。所長のつごうをうかがってみますから……」

夫人、受話器の口を手のひらで押え、亭主に言う。

「……カモが一羽、じたばたしながら飛んで来たいってよ」

「きょうは、さしあたっての来客予定もない。おまえのほうはどうだ」

「まだ来るには時間があるわ……」

夫人は受話器に言う。

「……そちらのごつごうは……。え、近くまで来ている……。それはそれは、ご熱心なことで……」

夫人、腕時計をのぞきながら話しつづける。

「……所長は、すぐおいで下さいと申しております。場所はおわかりですか。このマンションは……。それもご存知……。では、お待ちしていますわ」

夫人は電話を切り、ウサコに言う。

「さあ、お仕事よ。ウサコちゃん、むこうの室にいってらっしゃい」

「はあい。そのドアのむこうの机で、本でも読んでるわ」

とウサコ、小さなドアから別室へ去る。

＊

老紳士の霊もウサコについて動くが、ウサコは壁のむこう側の机の椅子《いす》にかけたわけ。そのため、老紳士は限度内の距離をたもって、この広い部屋のなかにとどまることができる。ウサコによって小さなドアがしめられるが、老紳士はこの部屋の壁ぎわに立っているという状態。

＊

亭主、椅子から立ち、読み終った郵便物をくずかごに捨て、チューインガムのかすも捨て、にこにこ顔となって言う。

「さあ、仕事だ、仕事だ。カモが来るぞ。人生、日々これ戦い。かせぐに追いつく貧乏なし。沈黙は金、雄弁は銀、この格言は関係ないな。社会のジャングルは弱肉強食。食うか食われるか。同じことなら、食うほうにまわるべし。カモを料理する、わが腕前を見よ……」

体操のごとき身振りになる。夫人は言う。

「窮鳥を焼き鳥にする金融業、ってとこね。現金な人って、あなたみたいな存在ね。すっかり張り切っちゃって、いそいそして。あたしにも、たまにはそんな態度を示したらどうなの」

「なにいってんだ。借金と金貸しに依存する家庭生活には、自由もなければ、美しさもありません。これは、イプセンの作品『人形の家』に出てくるせりふだそうだ。となると、わが家には自由と美しさがみちみちてることになるぞ。お金とはふしぎなもの、いくら長くつきあっても、倦怠《けんたい》期がこない。これはわたしの作った名文句だ。そのうち格言集にのるかもしれない。おっとっと、こんなものが机の上にあっちゃ、お客さんが目をまわす……」

亭主、大きな机の上のチンパンジーの頭蓋骨《ずがいこつ》を引出しのなかにしまう。かわりに電子計算機を机の上にのせる。夫人は大机のそばの、受付用のごとき事務机に付属した椅子にかける。亭主は大きな机の椅子に。いつお客が来てもいい態勢。

＊

霊魂の昭一郎と春子も、少しはなれざるをえなくなる。二人はなごり惜しそうなようす。悲しげな表情があらわれる。それをなぐさめるつもりか、老紳士が春子に話しかける。

「その、この家のご主人、いやにお金にご執心のようですな。死後まで持ってこられるわけでもないのに、どういうつもりなんでしょう」

「あたくしにはそのような経験ございませんけど、生きているかたには、こんなのが多いようでございますわ。あなたさまは、生きているあいだ、どうでございまして……」

「そういわれると、その男と大差ありませんでしたな。わたしはある会社の社長をしてましてな、事業の鬼と言われたものですよ。死ぬ数日前まで、会社に出勤し、事業計画にとりくみ、利益率の向上のため、社員たちを督励していたものです。ばかげたことですな。いま考えると、お恥ずかしい」

「そんなことございませんわ。生きている時は生きている時のこと、いまはいま。比較すべきことではございませんでしょう。それでも、そんな感想をおっしゃるようになられたのですから、こちらの世界に、いくらかおなれ遊ばしたみたいでございますわね」

＊

やがて、廊下に面した大きなドアの上のブザーが鳴る。夫人、立ってドアをあける。五十歳ぐらいの男が入ってくる。経営不振の小企業の経営者といった感じ。使い古した書類鞄《かばん》をしっかりとかかえている。夫人に名刺を出し、ぺこぺことあいさつ。

「こういう者でございます。なにとぞ、よろしく。お力をお貸し下さい。ここで助けていただければ、必ず立ち直れるので……」

「あらあら、あたしはただの秘書ですわ。所長はあちら。大きな椅子にふんぞりかえっていらっしゃるかた。さあ、どうぞ、こちらへ……」

夫人、その男を大机の前の椅子に案内し、亭主に事務的に引き渡す。

「さきほど、お電話で連絡のあったお客さまがみえました」

男は恐縮したようすで椅子にかけ、どう切り出したものかと、呼吸をくりかえす。

＊

その男のあとにくっついてきた霊魂。ふとった中年婦人で、白い無地のガウンをゆったりと身にまとっている。そして、両手のてのひらを下にむけて前や横にのばし、ゆっくりゆっくり、波のうねりのように動かしつづけている。あまりの異様さに、老紳士はその女に視線をむけたまま。春子、老紳士に皮肉めいた口調で言う。

「現世の人より、霊魂のほうに目がむくようにおなりのようね。だんだんと、新しい境遇になれていらっしゃったわけですわ。いい傾向でございますわ」

「いや、こういうご婦人は、現世でもめったにお目にかかれませんよ。奇妙な女ですな。いったい、どういう過去を持ったかたですかねえ……」

＊

来客の男は口ごもっていたが、やがてせきこんだような早口で、亭主にむかってしゃべりだした。

「じつはですね。わたくし、この名刺に書いてありますように、小さな工場をやっているものなんです。設備を買いととのえ、うまくいくはずだったんですが、いざ製造してみると、その製品は流行おくれ。そこで設備を改良しまして、製品のデザインを変えてみた。その最初の売行きはよかったんですが、売行きがふえるにつれ、流行おくれとなってきた。売行きが悪ければ、流行おくれになるのもおそかったんでしょうが……」

それを聞き、亭主は大笑い。しかし、憎めないところのある笑い方。

「いやあ、傑作ですな。それこそ、まさに矛盾の典型。売上げ増大は流行の終りを早め、売上げの低下をもたらす。さぞ残念なことでしょうな。それなら売行きを調節すればいいわけだが、そうもいかない。愛が深ければ深いだけ、倦怠期の訪れも早い。似てますな。世の女性たち、この原理を知らない。ここに意識革命が必要なわけですよ。倦怠期の来るのを防ぐには、愛なんかではだめだ、ばかばかしさで結ばれていなければならぬ。おい、秘書、そうじゃないかね」

亭主、夫人に声をかける。

「はい、所長さん、そう思います」

夫人はすました顔で答える。秘書ということになっているので、それらしい態度。

亭主ふたたび工場主にむかう。

「あなたは、そのことを身をもって体験した。これは貴重なことですよ。値段をつければ大変な額になる財産。事情がわかったということは、もはや克服したも同様です。さあ、元気を出して、元気を出して、前進あるのみ。もう少しちゃんとしなさいよ」

「元気は出してますよ。わたしの顔つき、しゃべり方、これらはうまれつきのもので、仕方ありません。この服装、あわれっぽいかもしれませんが、じつは税務署へ寄った帰りなんでして……」

「それは、おみそれしました」

「元気があるからこそ、こうしてやってきたのですよ。元気がなければ、やけ酒を飲んでるか、首つりをしてるとこでしょう。失敗は成功の母、必要は発明の父、これまでの経験をいかせば、こんどこそ絶対に大丈夫。わたしの頭のなかでは、進軍ラッパが鳴りひびいています。そこで、なんとか資金の融通を……」

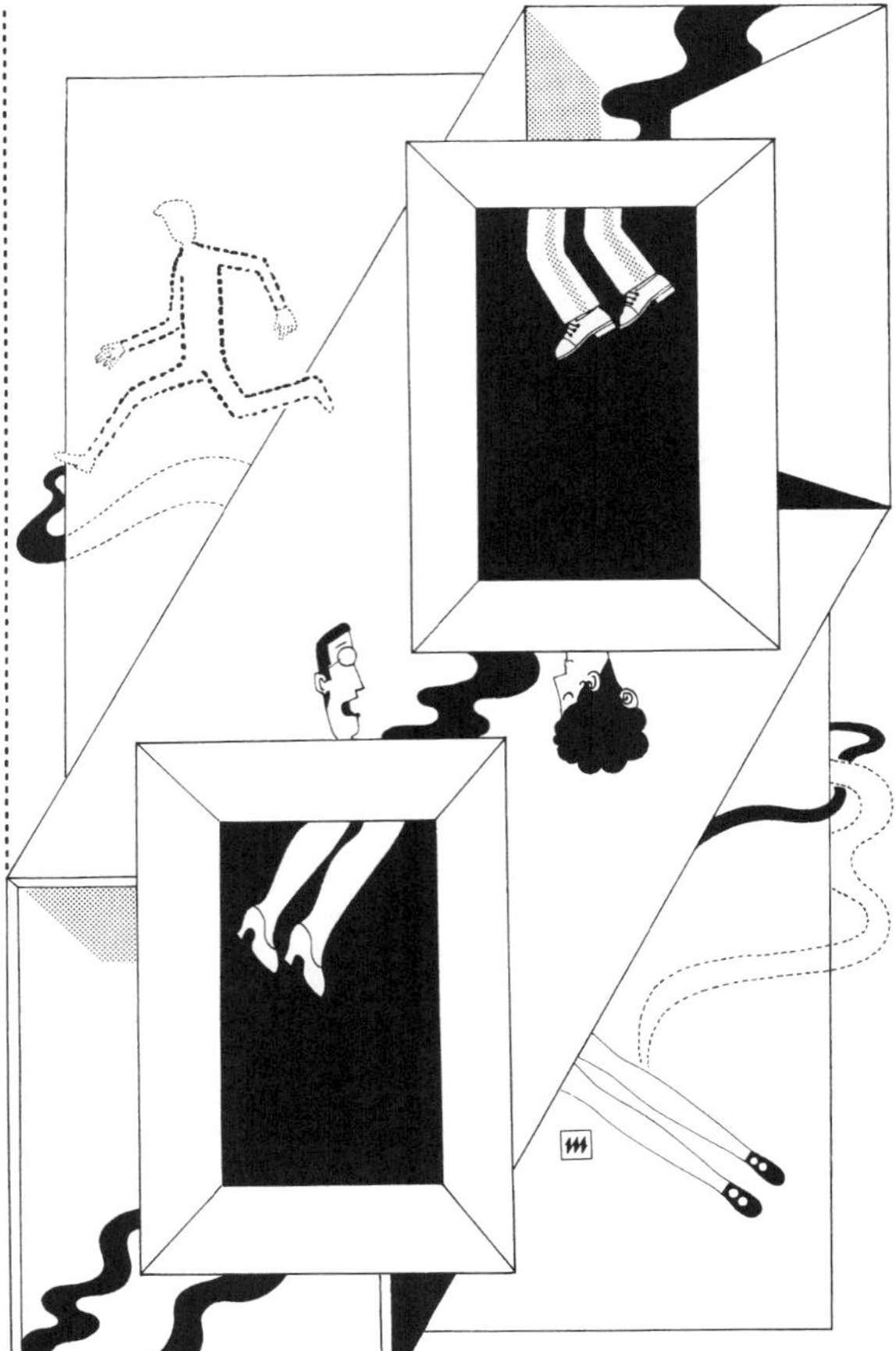

「なんだか話しにくい人だね。そう急に元気になられては、こっちのほうが心配になってくる。あなた、暗示にかかりやすい性質じゃないのかな。しかし、わたしは、人間に対して金を貸すのでなく、確実な担保に貸すのだから、人柄など関係ない。で、なにかお持ちですか。この元気を担保に、なんて言わないで下さいよ」

「それぐらいの常識はあります。手形を持ってきました。ビー・エル特殊日用品販売商事のものです。むこうじゃ、こっちを子会社と思ってるのかもしれないが、こっちはむこうを親会社などと考えてやしない。製品を扱わせてもうけさせてやってると……」

「はったりはおよしなさい。問題はこの手形が期日に落ちるかどうかです……」

亭主は手形を受け取り、見つめる。

＊

その工場主にくっついて入ってきた、ふとった中年婦人の霊魂、あたりを見まわし、手をゆっくりとふりつづけながら、ほかの霊魂たちに話しかける。

「みなさん。いっしょうけんめいにやってますか。まじめに毎日をすごしなさいよ。お祈りをおこたってはいけませんよ。お祈りをつづければ、やがて昇天し、天国に行けます。おこないがよければ、それだけ昇天も早くなるのですよ……」

昭一郎と春子は興味のなさそうなようすだが、老紳士は目を輝かす。

「もしもし、あの……」

婦人に話しかけ、声を高めて自分のほうに注意をむけさせ、言う。

「……それは耳よりなことですね。じつはわたし、死んでまもないんですが、こんな状態にどうもなじめないのです。これがいつまでもつづくのなら、いっそ死んでしまいたい思いです。だが、霊魂にはそれもできない。となると、たのみのつなは昇天だけです。くわしいお話を聞かせて下さい」

「昇天ということは、説明や理解でできることではありません。信仰です。ひたすら信じることです。それが唯一の道です」

「それはそうでしょうが、もっと具体的なことをうかがいたいものです。で、あなたは、いったいどなたなのですか」

「あたしは天なる神の使い。天使です。こんな具体的なことはないでしょう。ですから、あたしの言葉にうそはありません。信じなくてはいけません」

昭一郎、口をはさんで老紳士に言う。

「その女の相手になっちゃだめですよ」

「なぜです。いいことを言ってるじゃありませんか。霊魂になってまで、うそをつくことともないわけでしょう。この女がこう言うからには、なにか根拠があるからでしょう」

「根拠はありますよ。それはですね、その女、生きている時に頭がおかしかったということです。自分が天使であると思いこんでいる変人。珍しい種類かもしれないな。自分を神と思いこむのはよくあるが、遠慮して天使と称するのは。まあ、そんなことはどうでもいい。死後、霊魂になっても、まだその状態がつづいている。だから、うそをついているわけじゃないけど、真実でもない。この世界じゃ、ちょっとした名物女。新入りの霊魂は、よくひっかかる。ひっかかったからといって、なにも損することもないけど、つまらないでしょう。そう知った上でなら、なにをなさってもけっこうですが」

「なるほど、そうでしたか。がっかりさせられましたな。しかし、いずれにせよわたしは、現状に不満なのだ……」

老紳士はつぶやく。中年婦人は、昭一郎の言葉が聞こえたのか聞こえないのか、べつに怒らない。自分を天使と思いこんでいるので、怒ることもないのかもしれない。

老紳士、思いついたように中年婦人に言う。

「……いかがでしょう。天使さま、エンジェルさま。わたしと人物を交換しませんか。

わたしのは、となりの部屋にいますが、あどけない少女なんです。天使のような少女。それこそ、あなたがとりつくのにふさわしい人物と思いますが……」

交渉しはじめるのを見て、昭一郎あわてて老紳士に言う。

「待って下さい。待って下さい。それは困りますよ。あなたはいいでしょうが、ぼくたちの身にもなって下さい。そんな変人にこの家に来られては、ぼくたち、たまったものじゃない。そばで説教をされては、愛のささやきのじゃまになります」

春子も老紳士にたのむ。

「おねがい。この自称天使にそばにいられては、あたくしたち、気が散ってしまいますわ。ね、おねがい。思いとどまって下さいまし」

春子は手をあわせ、昭一郎もまた老紳士に言う。

「あなたがどうしても人物をかわりたいのなら、そのうち、もっといい人物があらわれた時に助言しますよ。ですから、その女だけはやめて下さい。先輩の忠告と思って、がまんして下さい」

「それに従うとしましょうか。あなたがたお二人の、うらみを買ってまで強行するつもりはありません」

「ありがとう」

そんな会話におかまいなく、婦人は手をゆるやかに動かしながら、しゃべりつづけている。手の動かしかたから察するに、天使となって空中をはばたいているつもりらしい。また、いささか耳が遠いようでもある。

「神の存在を疑ってはなりませんよ。神の存在をみとめることは、天使の存在をみとめることです。天使とはあたしのこと。それはつまり、あたしの言葉が正しいというわけで……」

その表情には、人のよさがある。

＊

亭主、手形から目をはなし、客の工場主に言う。

「問題はこの手形ですよ。この診断をしなければならない。秘書とも相談したい。あとでまたいらっしゃって下さい。結果をお知らせしますから」

「じつは、急いでるんですよ。急患あつかいでやって下さい。そとの廊下で待ってますから、早くきめて下さい」

「熱意のあるかたですな。感心しました。しかし、それと金を貸すのとは別問題。あまり期待なさらないように。世の中、熱意があるからといって、医者が喜ばしい診断をしてくれるものでなし、熱意があるからといって、頭がよくなるわけでも、美人になるわけでもない。熱意というもの、なくても困るが、あっても、どうってことありませんな。ビールの泡《あわ》のようなものですかな。あはは……」

夫人、客をドアから廊下に送り出す。

「所長がお呼びになるまで、しばらくそとでお待ち下さい」

工場主は出てゆく。ドアはしめられる。

＊

しかし、その工場主は廊下で待っているので、ついている霊魂の、自分を天使と思いこんでいる婦人は、そのままドアのそばの壁ぎわに残っている。そして、手を前や横に動かすという、妙なしぐさをつづけている。老紳士はいささか退屈でもあり、そのまねをする。婦人、それを見て満足げにうなずき、さらに動作をつづける。

＊

亭主は手形を、日光の明るさにすかして見ながら、つぶやく。

「この手形、大丈夫かなあ。予言能力の欲しいところだね。しかし、わからんところがいいわけで、いいか悪いか百パーセント確実にわかっては、金融業者としての楽しさはまるでなくなってしまう。だれにでもできる単純労働となりさがる。それが可能となったら、わたしも転業するだろうな。ということはだなあ、医者にしろ裁判官にしろ、誤った判断を下すかもしれないという可能性があるからこそ、その職業に熱中できるということなんだろうな。いや、こんなつまらんこと言ってる場合じゃない。あっはっは。この手形の診断のほうがさきだ……」

亭主は電話をかける。

「……あ、エイ・オー企業調査所ですか。こちらは会員番号七七二五。ある会社の信用度をうかがいたい。会社名はですな、ええと、ビー・エル特殊日用品販売商事という……。すぐわかる……。では、このまま待ちましょう……」

亭主は電話のそばのメモを開き、記入する用意をする。

「……わかりましたか。うん……。大丈夫でしょう……。信用していい手形金額の限界は……。うん、なるほど。しかし、大丈夫でしょうね、でしょうは気になるね。こっちはね、高い金額の入会金を払って、そちらの会員になり、安くない会費を毎月はらっているんですよ。情報は、正確でなくては情報といえない。万一の際には、損害をいくらかしょってもらいますよ……。うん、うん。そうこなくちゃいけません。いやあ、あなた、いい仕事をなさっておいでだ。大いにもうけて下さい。ご指示ありがとう」

亭主は電話を切る。

「あっはっは、だね。まあ、よさそうだ。しかし、念には念をということもある……」

そして、また電話をかける。

「もしもし、キュウ・アイ信用調査研究所ですか。こちらは会員番号九六三。特別会員ですぜ。回答をお願いします。エイ・オー企業調査所についてです。最近のあそこの調査が正確かどうか、その調査結果が知りたいわけです……。え、すぐわかりますか……。うむ、うむ、なるほど。しばらくは大丈夫というわけですな。こっちも高い会費をあなたのとこへ払ってるんですから、回答に責任もって下さいよ。そうでなかったら、あなたのとこの信用がめちゃめちゃになる。万一の際は、損害を分担する覚悟でやってるんでしょうね……。うん、なるほど。ご立派です。あなた、いい仕事をなさってておいでだ。なるほど……。テレビ視聴率の調査会社の、その調査の信用度についての調査も計画中と……。えらいもんですな。社会のうその横行が激しくなるほど、そちらはもうかる……。目のつけどころがいい。資金が必要なら、お貸ししますよ。大いにがんばって下さい……」

亭主は電話を切る。

「あっはっは、だな。しかし、資金を貸すっていっても、その時には、どこへ信用度を問いあわせたらいいんだろう。まあ、そんなことはどうでもいい。現金を用意するか」

亭主は手形をながめ、机の上の電子計算機をなれた手つきであやつり、椅子《いす》から立ちあがる。壁のほうへ行き、絵を横にずらす。そこにはめこみ式の小型金庫がある。さきほど、亭主が絵にむかって手をあわせたのは、この金庫にむかってのあいさつだったというわけ。

金庫のダイヤルをまわし、扉《とびら》をあけ、札束をとり出し、必要分だけかぞえ、あとはしまいこむ。扉をしめ、絵をもとにもどす。札束は封筒に入れ、机の上に。

＊

老紳士の霊魂は札束をながめ、感無量といった表情。

＊

「まだ、なんとなく不安だが、その不安さがあるからこそ、良心の呵責《かしやく》なく利息がとれるというものだ。あはは。さあ、さっきのお客さんをお呼びしてくれ」

と亭主、夫人に声をかける。夫人はドアをあけて廊下の工場主を呼ぶ。

「所長が、いらっしゃいって」

工場主は待ちかねたようすで、また大机の前の椅子にかける。

「いかがでしたか。入学試験の合格発表を待つような気分です。そういえば、あの気分、なつかしいものですなあ。もしかしたら、人生のなかで、最も人間らしいひとときかもしれませんな。胸がわくわく、口は勝手に、わけのわからないことをしゃべりつづけ……」

「わかった、わかりましたよ。さっきの手形ですが、いちおう合格です」

「そうですか。ありがたい……」

ほっと息をつく工場主に、亭主は言う。

「合格とは発表しましたけど、入学決定とはまだ言ってませんよ。手続きがいります。入学金、月謝の前払い、なんとかの費用、かんとかの費用。それを納入するかどうかです。つまり、利息をいただくわけです。わたくしども、これが営業ですのでね」

「それはいたしかたありませんな。で、どういうことになりましょうか」

亭主、机の上の電子計算機のキーを器用にたたき、相手に言う。

「これが金利。金融業にみとめられている率です。これが手形の落ちるまでの期間。それに額面をかける。これが調査料、あなたは急患なので、割増しぶんが加算されています。というわけで、お渡しできる現金がこうなります」

「調査料ってのが、ばかになりませんな」

「いやあ、ほんと、ほんと。わたしもそう思いますよ。しかしねえ、調査してみて、お貸しできない場合もあるわけでしょう。そんな時、そのぶんをその人からは取れない。うらむのなら、その人たちをうらんで下さい。わたしも手伝ってうらんであげますよ。不公平なもんですよ。しかし、手形の不合格者をうらむのは、死者にむちうつ行為。あなたのような、合格者が負担してあげなくちゃあ。貧しい人たちのぶんぐらい、しょってあげなさいよ。あはは。あなたはお金持ちなんだから……」

亭主、封筒のなかの札束を出したり、ひっこめたり。工場主、それと計算機をみくらべながら言う。

「げんなまをちらつかされると、思考が乱れますなあ。空腹の魚《さかな》の前で、えさを動かすようなものですよ。それに、こういう計算機の普及、いやですなあ。ソロバンだったら、ちょっと手にとり、せめてこれぐらいにまけて下さいと交渉もできるんだが、これだとできない。科学の成果というやつは、人間をいじけさせてしまう」

「いやあ、あなたは目のつけどころがすばらしい。ソロバンのよさを残した計算機、その改良をおやりなさいよ。おたがいに人間味をかわしうる商談用の計算機。いいアイデアだ。きっともうかりますよ。いまでこそ、ただの町工場だが、将来は世界的な企業。その光景が目に浮ぶ。うらやましい」

「くすぐったい気分だ。そう言われると、憤然と席を立てなくなってしまう。よろしい、承知しました。お金をお貸し下さい。この屈辱をいかし、いじでも工場をたておしてみせる。いまにみていろ。そっちが金に困って泣きついてきても……。そういうことは起りそうにありませんね……」

「あっはっは。ほんとに、あなたはにくめない人ですね。またいらっしゃい」

亭主、お金を渡す。工場主は鞄に入れる。

「金を借りに来て、たくさん利息を天引きされ、にくまれちゃ、たまったものじゃありませんよ。どうも、おじゃましました……」

工場主はあいさつをして立ちあがり、夫人の机のところで足をとめ、話しかける。

「二度と高利の金を借りない決心ですが、あなたとは、またお会いしたいものですね。こんなところの秘書なんて、つまらないでしょう。そのうち、どこかで……」

亭主、工場主に声をかける。

「用がすんだら、早く出てって下さいよ」

「お金を借りてしまえば、こっちのものだ。あとはこっちの自由でしょう」

「だめだ、だめだ。ここは忙しいんだ。つぎの来客もあるし」

「わかった。ははあ、この女の人、所長の二号さんかなんかでしょう」

「いいにくいことを言う人だね。まあ、そんなとこだ」

「うまくやってますね。秘書を二号にするとは、趣味と実益の一致ですな。一号さん、本妻のほうはこのこと知ってるんですか」

「よけいなせんさくをするなよ。わたしには弱味なんかないから、ほじくってみてもむだだよ。一号は、ちゃんとあの絵のむこうに……」

絵を指さしながら亭主は立ちあがり、工場主をドアから廊下に押し出す。

＊

工場主とともに、自分を天使と思いこんでいる婦人の霊魂、部屋の霊魂たちに手をふりながら出てゆく。

「みなさん。またお会いしましょうね。天国に早く行けるよう、正しい毎日をすごすようにして下さい……」

廊下へのドアしまる。昭一郎と春子、ほっとする。

「昭一郎さま、よかったわねえ。あんなのにそばにいられたら、困ってしまいますわ」

「助かった……」

昭一郎は老紳士のほうをむき、礼を言う。

「……どうもありがとうございました」

「相対的にみて、わたしの価値が上ったようですな。しかし、あんな変なのをうろつかせといてもいいんですか」

「われわれは霊魂なんですから、これ以上よくなりっこもないし、悪くなりっこもない。べつに被害を受ける者も出ないんですから、かまわないでしょう。もっとも、ぼくたち二人は愛しあっているので、べつです。ああいうのにじゃまされたくないんですよ」

＊

亭主はキャビネットから帳簿を出し、いまの手形取引きの件を記入、手形とともにキャビネットにしまう。

「これで一仕事おわりだ。あっはっは、だね。ゆかいなやつだったな。天引きされた利息をいくらかでも回収しようと、おまえをくどきはじめた。外見ににあわず、抜け目のないところがある。いまに事業を大きくするにちがいない」

「そうじゃないのよ。あたしの魅力にひかれ、いまの人がふらふらっとなったのよ。いい気分だわ」

「みな、三者三様に満足をした。これにて一件落着。めでたいことである」

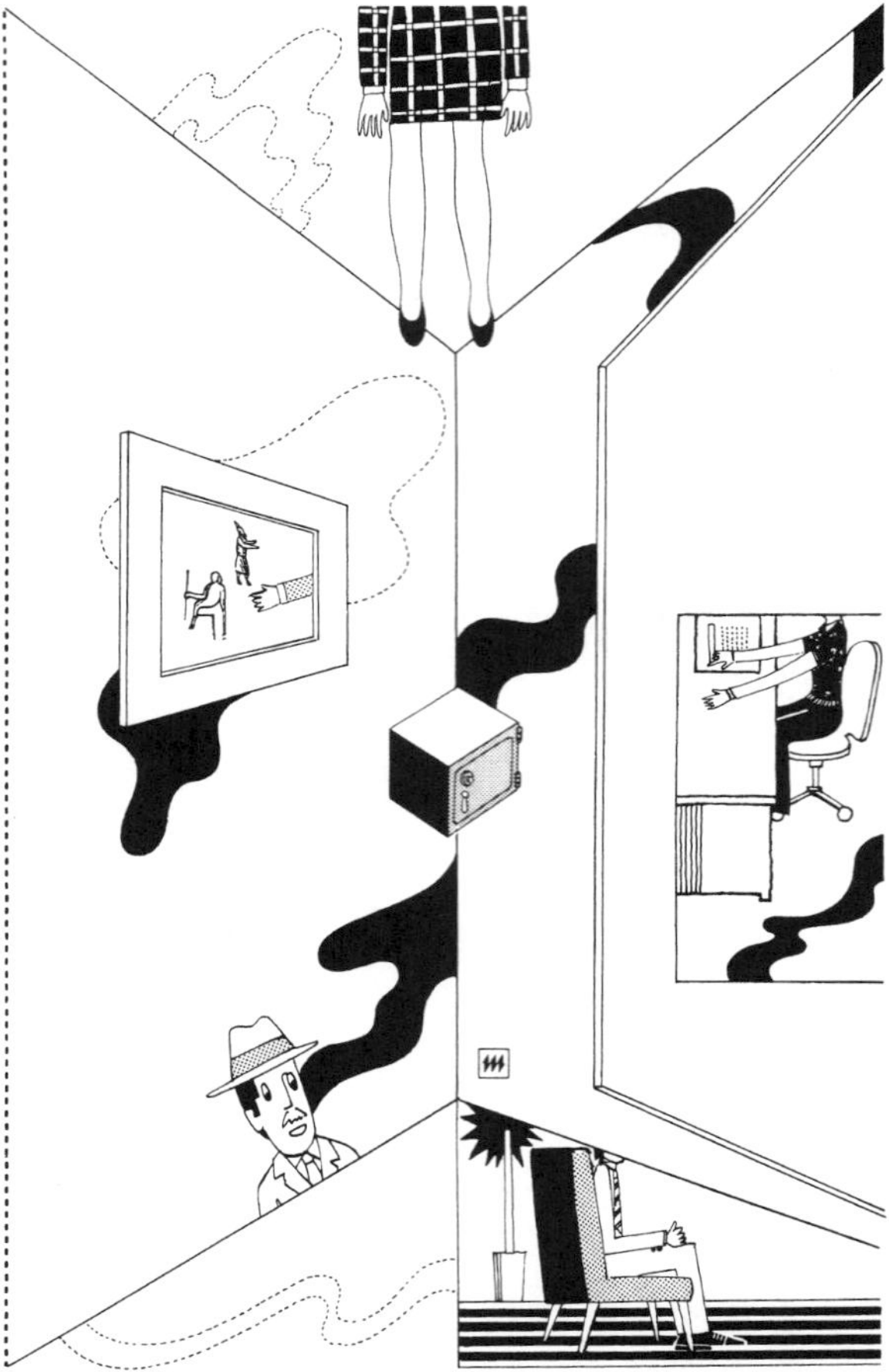

「いまの手形が偽造じゃなかったらね」

「おどかすなよ。なにか、それらしい点でもあったのか」

「あたしの予感よ」

「それなら安心だ。おまえの予言の当ったためしがない。あの手形に保証がさらに加わったようなものだぞ」

亭主ににこにこ。夫人はなにか言いかえそうとするが、腕時計をのぞいてあわてる。

「あらあら、まもなく、あたしへの予約のお客さまが来る時間だわ。用意をしなくっちゃあ。あなた、マントとってきてくれない」

亭主は小さなドアから別室へ行く。夫人は大きな机の上の計算機を引出しにしまい、かわりにチンパンジーの頭蓋骨《ずがいこつ》を出す。それから、壁の絵を裏がえす。絵は古代エジプト風の、なにやら神秘的なものとなる。戻ってきた亭主、それを見て注意する。

「気をつけてくれよ。その金庫のダイヤルには非常装置がついてるんだから。へたにまわすと、強力な催眠ガスがふき出すことになっている」

「わかってるわよ。さあ、そのマントをまといましょう……」

裏の赤い、黒くゆったりとしたマント。夫人、それを亭主より受け取って身につける。

「……これを着ると、なにやらミステリアスなムードがただよってくるわね」

「わたしには、子供むけ漫画の登場人物としか思えないがな」

「そこがいいのよ。常識人の典型みたいなかっこうだったら、身上相談の担当者になっちゃう。常識的な回答をお望みのかたは、身上相談のほうへ行けばいいんだわ。だけど、身上相談所って、どこにあるのかしら。聞いたことないわね。新聞、雑誌、テレビ、ラジオなんかじゃさかんにやってるけど、現実には存在してないみたいね。投書欄で採用にならなかった、たくさんの人、どうなっちゃってるのかしら」

「どうだい、ためしに投書してみたら。ばかげた亭主に、ほとほと手を焼いております。いろいろな新聞の身上相談欄に投書をつづけてますが、どこもとりあげてくれません。いっそ、死のうかと思ってます、って書いてさ」

＊

老紳士つぶやく。

「死のことを、軽々しく口にするなあ」

＊

夫人は言う。

「ああいう欄の担当者、死のうかと思ってますなんて文章があるのから、まずとりあげてるんでしょうね。ああいう欄や番組で採用や出演になると、いくら謝礼をもらえるのかしら。本来なら当人が相談料を出すべきでしょうにね。謝礼をもらうってことは、商品価値が生じるってことでしょ」

「つまらんことを気にするなよ、占い師さま。そういうののおこぼれが、おまえのところへお客となって来るのだから」

「失礼なこと言わないでよ。あたしのとこへ来るのはね、そういうことをいさぎよしとしない、もっと上のクラスの人たち。それにね、精神的なものを求めておいでになるのよ。だから、こちらも神秘なムードをもってこたえなければならない。そのために異様ないでたちが必要なのよ。勲章、警察手帳、いれずみ、デモのプラカード、そういう一種のシンボルがね。普通と異なることを示す特徴がいるわけ。もっと異様にしたほうが、お客さんは喜ぶかもしれないわ。こっけいと神秘は紙一重。見る人をぞくぞくさせる、悪魔の使者のような服をデザインしてくれるお店はないかしらん」

「おまえって、ほんとにばかげたことが好きだなあ」

「趣味のちがいよ。それに、男にはわからない女の心理。衣服がいかに重要なものかという点ね。主義や主張のために身を捨てる女なんて、めったにいないけど、衣服やアクセサリーのためにとんでもないことをしでかした女は、歴史上かずしれない。男性においては主義主張、女性においては衣服、アクセサリー。あたしもあなたの金銭主義をみとめてるんだから、あなたもこれぐらいみとめてよ。ほんとに、このマントを着ると、身がひきしまってぞくっとするわ。人が衣服をえらび、衣服が人をつくる。このぞくっとした思いが、お客さんに伝わるのよ。さてと、用意、用意……」

夫人はカーテンをしめる。そとの光がさえぎられ、部屋のなかが暗くなる。スイッチの音がし、青っぽい光の電灯がつく。夫人、大きな机の椅子にすわり、もっともらしい姿勢をする。

「どう、ちょっとしたものでしょ」

「まったく、この世の人とは思えない」

＊

老紳士の霊魂、うなずく。

「まったく、現世の人間とは思えない」

＊

亭主、こんどは受付用の椅子にかけている。いつ来客があってもいい態勢。やがて、ブザーが鳴る。

「どうぞ」

亭主が応答をすると、二十七歳ぐらいの和服姿の女が入ってくる。普通の家庭の主婦といった外見。胸のなかに心配事をいっぱいかかえこんだような表情。受付机の亭主のところへ来て、あいさつ。

「あのう……」

「わかっています。お待ちしていました。電話でご予約なさったかたですね。よくいらっしゃいました。お名前はひかえてあります」

「あの、住所のほうですけど、きょうのところは内密にしておいていただけないかしら。お礼のほうは、この通り前払いにいたしますから」

「けっこうでございます。いろいろなご事情がおありのことでしょう。しかし、ここへおいでになったからには、もうご安心です。ここの先生は、宇宙の霊気を感じとる力をそなえたかた。運命の糸をみごとにさばいて下さいます。あなたがここへいらっしゃる決心をなさり、電話でご予約をなさった。その瞬間から、胸のなかで期待が高まりつづけでしたでしょう」

「ええ……」

「そして、この部屋に入られてから、なにか、こう、別世界にふみこんだような気分になられた」

「ええ……」

「そこですよ。先生に近づくかたは、みなそうおっしゃいます。さあ、そっと先生のお机の前の椅子《いす》へ。静かに。先生のお考えを乱さぬよう。椅子へおかけになったら、あなたもしばらく、あたりにただよう宇宙の霊気を呼吸なさって下さい」

女、それに従う。

＊

この女にくっついて入ってきたのは、十六歳ぐらいの少年。江戸時代風の服装。といって武士ではなく、町人、あるいはさらにいいかげんな身分の感じ。あたりを見まわして声をあげる。

「ありゃ、こりゃあいったい、どういうことなんだ。霊魂ばっかりのたまり場か。いや、そんなことはありえないし、そうじゃねえようだな。やはり、現世の人間もいるようだ。しかしねえ、悪趣味ったら、ありゃあしねえぜ。生きてるくせしやがって、なんでえ。霊魂ごっことくる。ちかごろはやりの、悪魔趣味の、らんちきパーティーでもはじまるのかい」

老紳士、それに答える。

「そうじゃないのだ。これがここの家の営業なんですよ」

「なあるほどね。当節はなんでもぜににになるご時世だからな」

「ところで、あなた、いま、らんちきパーティーとか言いましたね。見たことあるのですか。わたしは、ぜひ一度は見たいと思っているんですが」

「見たとも見たとも。この女にのりかえてからは見てないが、その前にとりついていた人物にくっついて、何回も見たぜ。しかし、そんな質問するとこをみると、あんた新入りだね」

「お恥ずかしいが、霊魂になったばかりで」

「恥ずかしがるこたあ、ねえやな。若い新入りの者たちは、最初のうちゃあ、みんな同じだ。いずれベッドシーンだろうが、入浴シーンだろうが、いやというほど見ることになるさ。最初のうちは面白いだろうけどさ、つぎにはうんざりし、やがてはなんにも感じなくなる。あきあきだね。くだらねえな」

「いや、お恥ずかしい」

「恐縮するこたあ、ねえよ。おいらもむかし、そんな時期があったものさ。あんたのような若い人のそんな気持ちが、ちょっとうらやましくもなるね。なにもかも珍しく、はしがころげても笑うんじゃねえのかい。いいね。そこへいくと、おいら、この世界ながいからな」

江戸時代風の少年、すっかり先輩づら。こうなると老紳士、ますますぞんざいな話し方ができなくなる。

「あなた、生前はなにをなさっておいでだったので……」

「問われて名乗るもおこがましいが、と言いたいとこだが、けちな仕事さ。すり。あのころは、きんちゃっきりと言ってたものだ。江戸時代さあね。ノミ小僧と自称してた。ぴょんぴょんはねるノミだよ。ネズミ小僧を大泥棒とすりゃあ、その規模を比例させれば、ちゃちな小泥棒のおいらなんざ、さしずめノミってとこさね。当時、すりは三十歳まで生きられねえって言われていた。現行犯二回までは、いれずみですむ。しかし、三回目にとっつかまると打首。出来心でならべつだが、すりを仕事とするプロともなりゃあ、三回ぐらいはつかまらあな」

「で、あなたは、それで打首にされたのですか」

「そうじゃねえんだな。みっともない話さ。ある日、みごとに大金をすりとった。大金だったなあ。その金をぱあっと気前よくばらまき、祝杯をあげた。その時に食ったフグがいけなかったってわけさ。フグ食って、すぐ死んじまった。落語だね。それで一巻の終りさ。ばかばかしいったら、ありゃあしねえ」

「残念でしたねえ」

「最初のうちはね。しかし、それ以来ずっと霊魂の世界。人間のやることを見つくしちまうと、残念な気もしなくなってくる。生きているおいらがやるのと、おいらがとりついている生きているやつがやるのと、見聞の点じゃ、おんなじさ。東海道五十三次、何度も往復したものさ……」

ノミ小僧は、あくびをするようなしぐさをする。老紳士はさらに聞く。

「すると、この霊魂の世界には、歴史上の有名人もたくさんいるわけでしょう。そういう人びとに会ってみたいものですね。会えるでしょうか」

「いずれ会えるさ。いやというほどね。だけど、会ったって面白かねえよ。現世にいてこそ有名だが、こっちへ来ればただの霊魂さ。支配したりされたりの関係は、ここにはねえし。あるものといえば、先輩に対する、ちょっとした儀礼ぐらいのものさ。あんた、感心だねえ。おいらに礼をつくしている。しかし、それだって本当はどうでもいいことさ。だって、しかえしをするとか、しないとかいったって、方法がねえものな。話し相手になってくれねえぐらいのことかな」

「死んでしまえば、有名人もただの霊魂か。なるほど」

「悪名であろうと、なんであろうと、現世で有名になりゃあ、それで人生の収支決算がついちゃうせいかもしれねえな。名声も地位も権力も、財産も借金も、こっちの世界まで持ちこめるわけじゃねえし。こっちでつきあいにくいのは、有名になるべくして、現世に名を残せなかった人のほうだな。いつだったか、すげえのにであったぜ。どこでだったかな。人類のなかではじめて火を作ったというやつさ」

「そんな人がいたわけですか。で、どうやって火を作ったんです」

「ことのおこりは、一種の欲求不満なんだろうな。そのいらいらを解消しようと、無意識のうちに乾いた木と木をこすりあわせてたらしいんだ。当人の話によるとだがね。するってえと、木があつくなってきやがった。そいつはやけになっていたわけで、さらにつづけた。やがて、ついに炎となったってことさ」

「感激の一瞬だったでしょうな」

「感激なんてものじゃなく、きもつぶしたってとこだろうな。人類史上、空前絶後の発明だからな。その時のショック、想像にあまりあるね。電灯の発明にしろ、最初の原爆実験にしろ、これらは予想してやったことだから、できて当り前、火の発明のショックにゃあ及びもつかないだろうさ。しかし、その当人、歴史にうずもれ、後世の人、だれも考えてもくれねえとくる」

「わたしだって生前、そんなこと思ってもみませんでした」

「それが、ご本人にとっちゃ、面白くねえんだな。いまだにぶつぶつこぼしている。

霊魂になってから、放火狂にばかりとりついていやがる。おっと、この霊魂の世界の名誉のために言っとくが、あいつがとりついたから放火狂になるわけじゃねえよ。放火狂をねらってとりつくだけのことさ。しかし、はたから見てると、現世に執着が残り、あいつがとりついて放火をさせてるような印象だな。お江戸の町にゃ、よく火事があったなあ」

「そういうものですかね」

「そのうち、あんたもどっかで会うだろうよ。その時は、それとなく声をかけてやるんだな。やっこさん、発明の苦心談の一席を、あきることなく話してくれるよ。ここ何万年、いやもっと長いかな、その自慢話をしつづけらしい。ぐちの最高記録だろうな。よくあきないものさ。まあ、あれも一種の変人だろうな」

「わたしのような新入りにとっては、ぞっとするような話ですよ。そういうような、長い年月についてとなると、まだ感覚がうまく当てはまらない……」

と老紳士は肩をすくめ、来客の女を指さしながら、ノミ小僧に聞く。

「……ところで、あなたのとりついている、あの女、なにか大きな悩みを持ってるようですな。どんなことです」

「話してもいいけど、すぐ答えたんじゃ、楽しみにならねえ。当ててごらん」

「まるで見当がつきません。しかし、きれいな女性じゃありませんか。どうです、わたしと人物をとりかえっこしませんか」

「そうはいかねえよ。あの女は上玉《じょうだま》なんだ。この世界じゃ、おいら年期が入っている。損な取引きをする気はねえな。そっちの持ち駒《ごま》はなんなんだい」

「まともな少女ですよ。この壁のむこうにいますが。あなたと年齢的につりあうと思えるがね」

「ごめんだね。あんた、いいかげんで現世の常識を捨てなきゃあな。美人がどうのとか、年齢のつりあいとか、そんなこたあ意味がねえんだ。おいらの希望するのは、奇人変人のたぐいだね。しかも、うんとどびきりのやつさ。つぎにどこへ行って、なにをやらかすか、予想もつかねえなんてのがいい。記憶喪失なんて人物がいるといいんだがな。まだめぐりあったことがねえ。そう仕上げることができりゃあな……」

とノミ小僧、和服姿の女の頭をなぐるが、もちろん、なんの変化も起らない。

「……おいら霊魂たちの手じゃあ、どうしようもない。頭のおかしな人物に、まともな霊魂がとりついている。これが理想の形さあね。その逆じゃあ、なんてことない。意味ねえよ」

「そういえば、さっき、自分を天使だと思いこんでいる霊魂が……」

老紳士、話しかけるが途中でやめる。

＊

大きな机の椅子にかけている夫人は、来客の和服姿の、二十七歳ぐらいの女に話しかける。

「よくいらっしゃいました。気楽になさって下さい」

しかし、女は机の上の骸骨を指さし、ふるえ声で言う。

「でも、それ、気味わるくて。なんですの」

「これはね、チンパンジーの頭蓋骨。チンパンジーといっても、そのへんの普通のものとはちがうのです。ある研究所で、動物実験にさんざん使われたチンパンジー。殺されてしばらくほっておかれたあと、心臓に刺激を与えて生きかえらせた。窒息死させられ、そのあと強力な酸素吸入で生きかえらせられた。そんなことを、何回も何回もくりかえさせられたってわけ。生と死の世界を、さんざん往復したチンパンジーなの。これにとっては、そこにかよいなれた道ができてしまっている。現在、どちらに属しているのか、これにはわからないわけよ。いまにも生きかえると思ってるかもしれない」

「かわいそうですわ」

「しかし、人類のためには、やむをえぬ犠牲です。ここで動物実験の是非を論じてもしようがありません。その研究所から偶然のことで、これをもらったのですが、さわったとたん、ひらめきがありました。あたしの能力が何倍にも高まる。あたしがこれに手をふれることによって、霊界との交流ができるのです。新しい言葉でいえば、媒体とでもいえましょうか。霊界と接触することにより、過去から未来にかけての、人の運命の流れを知ることができるのです。なにかこの説明に、疑問の点はございますか」

「いいえ、よくわかりました」

女は感心し、信じこんだようす。

＊

このありさまを見ていたノミ小僧、いささか驚く。

「う、こいつあすごいや。どえらいことを考えつきゃあがったな。霊界と現世との運河を開拓したとはね。うまくやれば、この黒マント姿の女を通じて、現世に手出しができるかもしれねえ。魅力的だね。そこのおにいさん、どうです、ちょっとこの女にとりつかせてくれませんか」

そう言われ、昭一郎は答える。

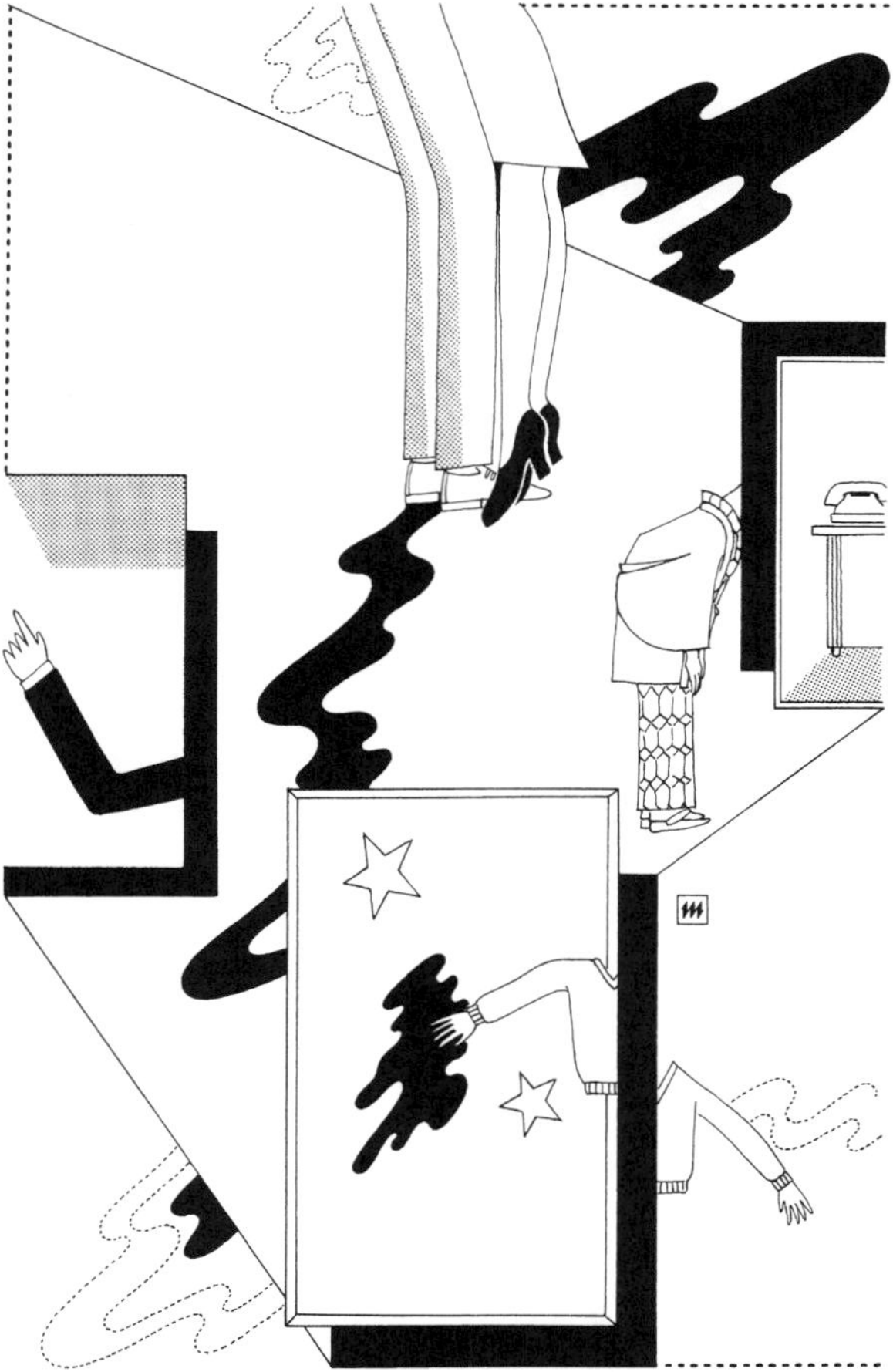

「残念でした。そんな魅力的なものじゃありませんよ。よくある、いんちき占い師。いわくありげな、チンパンジーの物語もうそっぱち。お客をおどかす小道具です。だいたい、本物かどうかも疑わしい。よくできたプラスチック製かもしれない」

「そうかねえ。なにか真に迫ってるとこがある感じだがな。現世に手を出したいという、おいらの願望のため、そう思えるのかもしれねえな。しかし、ものはためし、ちょっと交代させて下さいよ」

「それだけはおことわりだ。ぼくにとって、別れられない事情があるのでね」

「え、このマント姿の女とかい。こりゃあ珍しい。そんな霊魂にははじめて会った」

＊

亭主、電話が鳴ったりして、神秘ムードのこわれるのを防ぐため、大机の上の電話機のコンセントを抜き、夫人の椅子のうしろをまわり、べつなコンセントにさしこみ、受付机の上に電話機を移す。

＊

それにつれて春子も動き、昭一郎と一瞬だが抱きあうことができる。昭一郎、ノミ小僧に言う。

「そうじゃない、この女とだ」

「ふうん、そりゃまた、どうして」

「ぼくたちは、心中したんでね。あの世で結ばれようと、いっしょに死んだわけです。だから、いつもいっしょにいられる人物にとりついていなければならない」

「そういう事情とはね。おみそれしやした。えらいもんですなあ」

うなずくノミ小僧に、老紳士が聞く。

「江戸時代にも、心中はよくあったんじゃないんですか」

「江戸時代のは、小説や芝居にあおられての流行さ。純愛とはちょっとちがうな。かっこいい死にあこがれたってとこさね」

「そういうものですかね。それから、おうかがいしたいことがまだある。あのお二人、いつもあつあつムード。うらやましいくらいです。命みじかし恋せよ乙女ムードです。わたしにふしぎでならないのは、霊界には、時間はたっぷりあるわけでしょう。それなら、寸暇を惜しんで会いつづけることもないと思うんですがね」

「いかにも新入りらしい質問ときたね。うん、どう説明したものかな。火の発明者みてえなもの。そうだ、さっき、あなたは、自分を天使と思いこんでいる霊魂に会ったって言ってたな。それと同じようなもんさ。金銭や名声はこっちへ持ちこめねえが、生前の異常な性格、それはそのまま、霊界に持ち越されるってえわけ。早くいやあ、一種の……」

それを昭一郎、聞きとがめる。

「おい、小僧。その言いかただと、ぼくたちは頭がおかしいことになるぞ。とんでもないやつだ」

春子も言う。

「ほんとよ。そんなおっしゃりかた、あんまりですわよ。失礼だわ。あたくしたちのは愛情よ。純粋な愛よ。愛情がなぜ異常なんですの。愛とはきらめく空の星、すみれの花。これのどこが異常ですの」

昭一郎もつけ加える。

「そうだ。失礼だ。ぼくたちへの侮辱だ。すりをやってて、フグを食って死んだ子供には、わかるわけがない。愛とはもっと高級なものなのだ」

ノミ小僧もだまっていない。

「やい、なんだと、てめえら。若造のくせしやがって、そっちこそ失礼だ。おいらのほうが、はるかに見聞がひろい。フグ食って死んだのが、安っぽいとでもいうのか」

この成行きに、老紳士、口を出す。

「まあまあ、さわぐのはおやめ下さい。もとはといえば、わたしがつまらない質問をしたからです。ノミ小僧さんが、新入りのわたしにわかりやすいようにと、異常という形容を使ったわけでしょう。異常な性格のなかには、たぐいまれなる美点という意味も含まれております。そのへんに誤解があるようです。まあ、このところは、この新入りのわたしに免じて、おだやかにおさめて下さい。霊界にまで現世の常識を持ちこみ、争うべきでないと思います」

ノミ小僧、答えていわく。

「そうだったな。負《お》うた子に浅瀬を教えられたようなもの。おとなげなかった。新入りの前で、みっともないことをした。おいらは江戸っ子、さつきの鯉《こい》の吹流し、口先ばかりで、はらわたはなし。悪意はなかったんだ。そこのおにいさん、すまんことをした」

昭一郎も言う。

「ぼくのほうも、先輩に対して失礼な口をきき、あやまります」

＊

夫人、和服の女に話しかける。

「厳粛な静かさのなかで、霊感がしだいに、あたしのからだにみちてきました。さあ、あなたもお手を机の上にのせ、あたしのもう一方の手にさわって下さい……」

女、そうする。夫人はつづけて言う。

「……そろそろ、あたしの心の視野がひらけてきました。みごとな結婚指輪でございますね。あなたは、ご結婚なさっておいでですね」

「はい……」

「お悩みは、ご家庭のことでしょう」

「はい……」

＊

ノミ小僧つぶやく。

「なあるほどね。これはいんちき占いのようだ。主婦であることは、外見でわかる。主婦というものは、すべて家庭と関連して物事を考える。もっとべつなことを当てたらえれえんだがな……」

＊

夫人、さらにつづける。

「問題の中心には、ひとりの男性が立っているようですが」

「あら、よくわかりますこと。それなんですよ。それはあたしの主人なんです。じつは、それが心配のたねなんですの……」

「ちぇっ。だまってりゃあ面白いのに、自分からしゃべっちまいやがった」

とつぶやくノミ小僧に、昭一郎が言う。

「誘導尋問のテクニック。よくある手さ」

＊

夫人は重々しい口調で、女に言う。

「そのご心配ごとを、あなたのお口からお話しになってみませんか。このチンパンジーの骨が、それに反応し、あたしの心のなかに、あるべき未来図を描き出してくれます」

「はい。あたしの主人の態度が、どことなくおかしいのです。まともな会社づとめをしているんですが、なにかあたしにかくしごとをしている。そう思えてならないんです。あたしがこれだけ、まじめに心からつくしているのに、主人があたしにかくしごとをなんて。許せないことですわ。ねえ、そうではございませんこと……」

＊

老紳士つぶやく。

「あたしはいい女なのだ。だから、他人もそうあるべきだ。いかにも女らしい、単純なる正義論の展開となりましたな。これからどうなるんでしょうなあ」

ノミ小僧、にやにや。

「そこがお楽しみですよ」

＊

夫人、おもむろに言う。

「あなたのご主人のまわりに、女が……」

そのとたん、女は不意に興奮しはじめる。

「あ、やっぱり。ほかに女が。そうだろうと思ってました。なんということでしょう。くやしい。あたしが、これだけつくしてきたというのに……」

そのすごさに、夫人はたじたじとなる。

「まあまあ、そう興奮なさらないで。あたしは、ご主人のまわりに、女がいませんと申しあげかけたのですよ」

「いいえ、そんなはずはありません。いるにきまってます。先生は、あたしを安心させるために、そうおっしゃっているんですわ。ね、女がいるはずです。よく見て下さい。どこのどんな女か……」

「まあ、落ち着いて下さい」

「これが落ち着いていられますか。あたしは生きてゆく気がしなくなった。いっそ死にたい。死んでしまいたい……」

「そんなことおっしゃってはいけません。死んでは、なにもかも終りです」

「だって、先生、死後の世界があるって、さっきおっしゃった。それがあるのなら、なにもかも終りとはいえないでしょう」

「あることはあります。しかし、楽しいところだとは、申しあげなかったはずです。ご自分の命、ご自分のからだは大事にしなければなりません」

「なぜ命を大事にしなければならないんですの。そもそも、からだって、いったいなんですの」

＊

ノミ小僧、老紳士に言う。

「えれえ議論になりやがったぜ。人間にとって肉体とはなにか、ときた。おいらの生きてた時代にゃ、こんなことをしゃべる女はいなかった。教育の向上ってわけかな」

「いや、なにかで聞きかじった文句が、ふと頭に浮んだだけのことでしょう。内容空虚で高級ぶった言いまわしがはやってますからね。しかし、まじめに考えると、哲学的な問題ですな。われわれ霊魂にとって、生きている人間の肉体とはなにかとなると、これは簡単。鳥における、とまり木のようなもの。また、霊魂は寄生虫の一種である、なんて定義もできましょうな。いや、当人に害を与えてないんだから、寄生虫という形容はおかしいかな」

「かまわねえんじゃないかな。人体に無害のバクテリアだってあるらしいし。しかし、おもしれえもんさ。人間の肉体ってやつは、おいら霊魂たちを作りだす卵でもあるんだからな。ふしぎなもんだな」

＊

女は大机に顔を伏せ、泣きはじめている。亭主、書類キャビネットのなかから、グラスを出し、洋酒のびんを出し、それについで女のところへ持ってくる。

「さあ、さあ、お泣きにならないで、これをお飲みになったら。あなたはほんとにいいかたです。お悩みはよくわかります。これをお飲みになって、元気をお出し下さい」

女、顔をあげ、涙をぬぐい、亭主を見あげてグラスを受け取り、飲みながら言う。

「あなたって、親切でやさしいかたねえ。あなたのようなかたと結婚していたら、こんな運命をたどらなくてすんだんだわ。あなた、奥さんおありなの。あたしの主人がその気なら、あたしも遠慮してることなんかないわ。浮気をしてやる。ねえ、あなた、どう……」

＊

「ありゃ、ヒステリー状態の女に酒を出したぜ。やけ酒はよくねえ。あばれはじめるかもしれねえぜ」

と言うノミ小僧に、昭一郎が教える。

「睡眠薬入りの酒さ。睡眠薬といっても、自白剤の作用のあるやつ。これを飲むと、質問に対して、心に思ってることを、なにもかもしゃべってしまうというわけです」

「なんで、そんなことをするんだ」

「占いがしどろもどろになると、これでごまかすのです。そのために、いつも用意してある。眠らせておいて、なにもかも聞き出す。その上で適切な指示を与えれば、これは的中するにきまっている。当人にはしゃべったという記憶がないから、よくそんなことまでおわかりになると、神秘に近い尊敬の念を持つ」

「ひでえいんちき占いだな」

老紳士が口をはさんで、ノミ小僧に聞く。

「この女の人、毎日どんな生活をしているんです」

「そんな薬があるのなら、やがてしゃべるんだろう。それを聞きゃあいいさ。おいらも、その薬のききめを見物してえな」

＊

来客の女、しだいにぐったりとなる。亭主それをかかえる。夫人、部屋の一隅の衝《つい》立《たて》を動かす。そこにおいてある長い寝椅子《ねいす》の上に、女を横たえる。この寝椅子は、昼寝用というより、もっぱらこのためのもの。亭主、カーテンを半分ほどあけ、そとの明るい光を部屋に入れながら夫人に言う。

「やっとおとなしくなった。ものすごい女だな、この女。結論をふりかざしながら、ここへ乗りこんできたみたいだ。結論がすでに出てるのなら、なにも占いにすがらなくたっていいのに」

「ちがうわよ。そこが理屈で割り切れない、人間性の弱さ。結論のごとくみえるけど、じつは仮定。こうではないかとの不安な疑問なのよ。その素材にむかって、どう料理するかが、あたしの腕のみせどころよ」

「窮鳥を焼き鳥にする占い師、だね。で、どうだったんだい。おまえの霊感のひらめきによると、この女の夫のまわりに、女のかげはあったのかい」

「いたようなんだけど、急に泣き出され、映像が乱れちゃったの」

「本当かねえ。おまえの霊感はあてにならないからなあ」

「いずれにせよ、最後の手段の薬を飲ませたのだから、やがて事情はわかるわけよ。くわしくわからなくても、住所は聞き出せる。人を使って、そのご主人の行動を調べれば、なにもかもはっきりする。つぎにここへ来る日までには、立派な回答と指示とが用意できるわ。そして、この女の人もしあわせになれる。あたしは感謝され、尊敬される。もっといいお客を紹介してくれる」

「複利計算、利益がふえる。そのへんになると、わたしも同感だね」

「ひと休みして、それから質問にとりかかるとするわ。そのあいだに、薬もきいてくるでしょうし」

＊

女が寝椅子に移るにつれ、ノミ小僧もそのそばへ移動する。

「さて、みなさまがた。この女の口より、いかなる哀れな物語が出てまいりましょうか、おたのしみ、おたのしみ……」

＊

その時、大きなドアのほうで、ブザーが鳴る。亭主は言う。

「だれだろう。予約のお客はないはずだが。なにかのセールスマンかな。それとも、期日より早めに貸金を返済にきたやつかな。おまえの霊感ではどうだ」

「いちいち、あたしの能力にけちをつけないでよ。出てみりゃ、わかることでしょ。そんなくだらないことに、あたしの才能が浪費できますか」

「出てみるか。しかし、その眠れる美女、衝立でかくしといてくれ。他人に見られて変に思われたら、つまらんものな」

＊

夫人は衝立を動かしてもとへ戻し、寝椅子の女をかくす。女はかくれるが、ノミ小僧の霊魂はその手前に立ったまま、他の霊魂たちに言う。

「よんどころない事情で、もうしばらくのごしんぼうを……」

＊

亭主はドアを細くあけ、そとをのぞいて言う。

「どなたです。どんなご用で……」

そとの男の声。

「じつは、こちらの現代人生設計相談室の評判を耳にし、ぜひご相談にのっていただきたいと、立ち寄った者です。料金なら充分にお払いいたしますが……」

「充分な料金となると、考えざるをえませんな。予約なしの臨時あつかいとしてもいいのですが、で、どんな問題ですか」

「大変な悩みをかかえておりまして……」

「ちょっとお待ち下さい。先生のごつごうをうかがってまいりますから……」

亭主はドアをしめ、夫人にむかって言う。

「どうやら、おまえのほうのお客らしい。どうするか」

「ひと助けだから、やってあげてもいいわよ。この女への薬は、しばらくきいているし、すぐ質問にとりかかることもないわ。あたしの評判、ますます高いようね。千客万来だわ。需要と供給の原則で、値上げを考えなくちゃあね。カーテンをしめて神秘ムードの用意をするまで、ちょっと時間をかせいでおいて……」

亭主、またドアを細くあけ、そとの人に言う。

「先生はご相談にのってさしあげると申しております。もう少しお待ちを。いや、世の中、よくありませんなあ。どなたも、悩みごとがふくらむ一方です。つらい浮世ですなあ」

「はあ。金銭的な悩みとなると、自分ひとりで悩んでいては、どうにも解決のしようがありません。だれかにご相談しませんと……」

「申しわけありませんが、もうしばらく、そこでお待ちを……」

亭主、ドアをしめて夫人に声をかける。

「ちがった。金銭的な悩みだそうだ。わたしへのお客らしい。ここをかわってくれ」

「しっかりしてよ。カモの見わけがつかなくて、どうするのよ」

夫人はドアのほうへ行くが、途中で気づき、マントをぬぎ、おく場所に迷い、衝立を動かし、そこに寝ている女にかける。衝立を戻し、ドアに進む。一方、亭主は大急ぎで大机の上の骸骨を片づけ、計算機をのせ、カーテンをあけ、青い電球を消し、壁の絵を裏がえす。

夫人はそのあいだ、ドアを細くあけて、そとの客へ応対。

「もうすぐ用意できますわ。いま、所長が、前のお客との商談の書類を整理しておりますので。いろいろこみいった事情でしてね。金銭的なお悩みですってねえ。当方は、金銭的な問題を、にこやかな空気のなかでご相談するという、欧米風の金融店のやりかたを採用しておりますの。あたしは秘書で決定する力はございませんが、うまくゆくようお祈りしますわ」

「そうなってほしいですな。わたしの問題というのは、普通の金融機関じゃ相手にしてくれないのです。こちらは、そういう型破りの方針をおとりになっていると聞き、うれしくなりました」

「なぜ、普通の金融機関じゃだめなんですの」

「じつは、そこなんですよ。神秘と申しますか、心霊現象的なものがからんでいましてな。こういうもの、銀行ではタブーなんですよ。そのひとことで、一笑に付される。いや、直接に笑われはしませんよ。なんともいえぬ複雑な表情で、丁重きわまるまわりくどい口調で、お断わりの言葉を聞かされる……」

「まあ、そうでしたの。ちょっとお待ち下さい。いえいえ、こちらでは、そんな理由でお断わりなどいたしません。むしろ大歓迎ですわ。でも、ちょっとお待ちを……」

夫人、ドアをしめて亭主に言う。

「……あたしのほうのお客のようよ」

「おい、しっかりしてくれよ」

「だけど、神秘的なことがどうのこうのと言ってるのよ」

亭主、壁の絵をまた裏がえして、古代エジプト風のを表にしながら言う。

「しかし、金銭的な問題だって、さっきは言ってたけどなあ。わたしは、たしかにそう聞いたぞ」

「それに心霊現象がからんでいるんですって」

「しようがない。共同でお相手をするか。あまり待たしちゃ悪いだろう。話の進展のぐあいで、適当に選手交代といこう。まず、わたしが先発投手になろう。ここにすわ

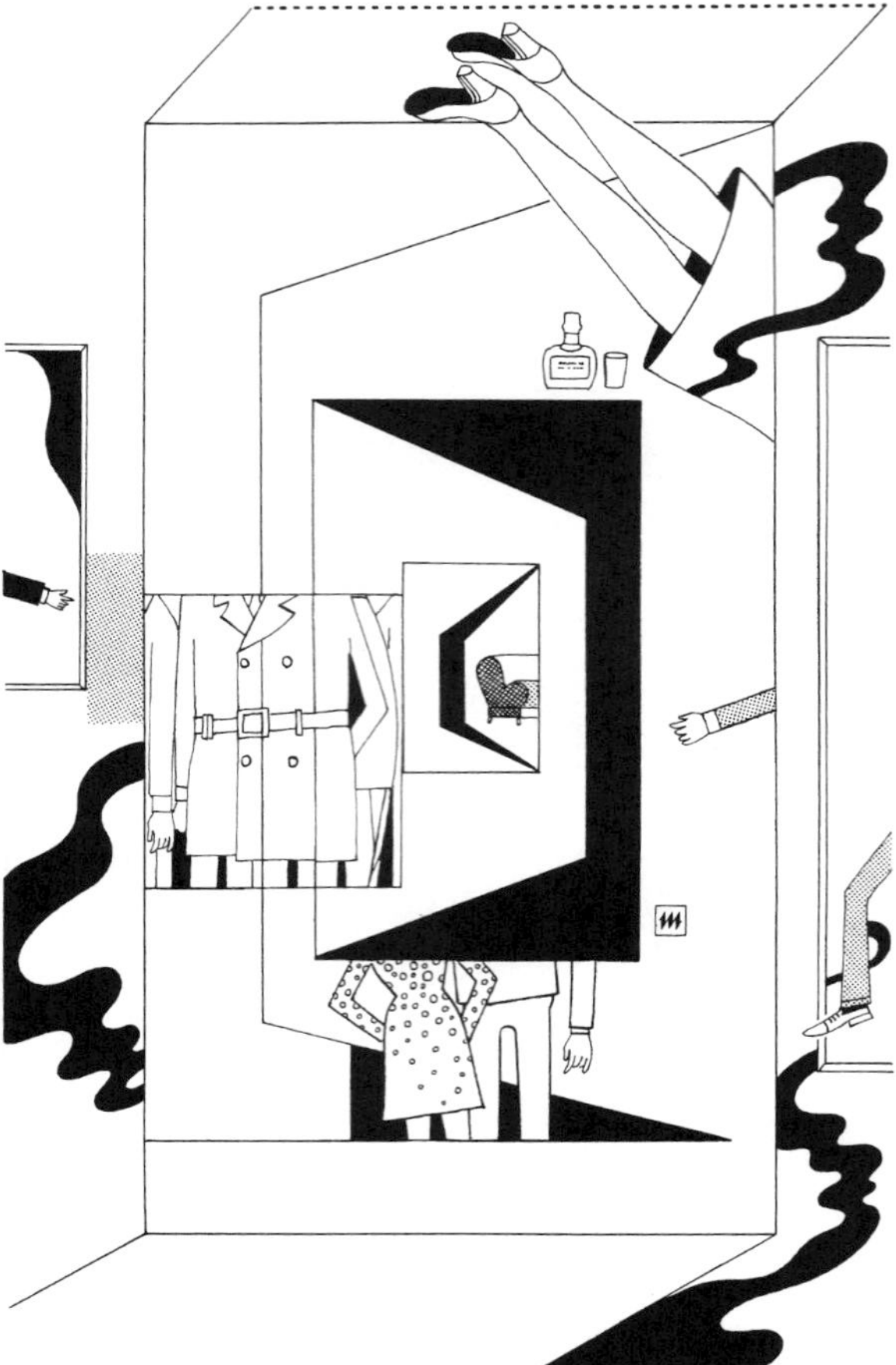

っている。お客さんをご案内してくれ」

亭主、にこにこ顔で大机の椅子にすわる。夫人、ドアをあけお客を案内する。

「どうも、大変お待たせいたしました。やっと整理がつきましたの。さあ、どうぞ、どうぞ。よくおいで下さいました。こちらの椅子に。所長、お客さまでございます」

「あれ、あなたが所長さんですか」

と、お客は変な顔。亭主は夫人を紹介。

「こっちが、ええと、共同経営者です」

「秘書かと思いましたよ。失礼しました。どうぞよろしく」

「こちらこそ」

と夫人は頭を下げる。こんどのお客は、四十歳ちょっとの男。洋服を着ている。一見しただけでは、どんな職業なのか見当のつかない感じ。小型のトランクを手にしている。夫人、それを指さして言う。

「お荷物、こっちにおあずかりいたしましょうか」

「いえいえ、けっこうです」

＊

その男のあとにくっついてきた霊魂は、十八歳ぐらいの女。スポーティな服装をしている。それにむかって、老紳士あいさつをする。

「なにぶんよろしく。このところ、楽しくおすごしですか」

「まあね」

「わたしは新入りなのです。こんご、よろしくおつきあいのほどを」

「そうね」

女はあまり語ろうとしない。

＊

夫人、来客の男に言う。

「でも、そのお荷物、おじゃまでしょう。そこの小さな机の上にでものせておきましょう。なくなりはしませんわ」

「いやいや、これがその、問題の品なのです。大変なものが入っているのですよ」

＊

老紳士、スポーティな服の若い女に聞く。

「あのなかに、なにが入っているんです」

「いまにわかるわよ。新入りの年寄りって、せっかちね。なんでも手軽に先を知りたがる。なにも、あせることないじゃないの。時間はいくらでもあるのよ」

「はい、そうでしたな。まだ環境の変化になれていないので、つい口がすべりました」

＊

大きな机の上にのせたお客の小型トランクを見て、亭主が聞く。

「なにが入っているのですか。宝石ですか、麻薬のたぐいですか、それとも、どこかの国の外交機密文書類……」

「テレビ映画の見すぎのようなことをおっしゃいますな。そんなありふれたものではありません。どこがありふれているかというと、そのたぐいの品は、一回お金にかえれば、それで終りです」

「なるほど。では、紙幣印刷機」

「そんな非合法なものじゃありませんよ」

「よほどすごい品のようですね」

「そうなんです。ま、想像つかないのもむりはない。わたしの発明した品。正確には、その試作品というわけです」

「すると、あなたは発明家……」

「まあ、そうです。しかし、発明家という言葉は、一種のきちがいざたを連想させ、発明狂と同じに思われてしまう。よくない風潮ですな。わたしは、そうじゃあないんです。なにかに関心を持って、調査したり研究したりしているうちに、しぜんにひとつの形がうかびあがってくる。こうあるべきでしょうね。ひょっとした思いつきなんて、だめです。エジソンも言ってます。九十九パーセントの汗と……」

「その格言は知ってます」

「それならよろしい。以前はね、詐欺師の研究に熱中したものですよ。さまざまな手法があるもんですよ。分類と整理に苦心しました。手口による分類、だますほうからの分類、だまされるほうからの分類、だます動機についての分類。これらによって、詐欺の公式というものができるのではないか、そして、それは人間共通の弱点を意味する。それを掘り下げることにより、人間方程式とでも称すべきものがえられるのではないか……」

「興味ある問題ですな」

「しかしね、そのうち、人間のもうひとつの弱点である、死ということについての追究が必要とわかってきたのです。わたしは、それに手をつけた。死と生との境界線を知ろうと思った」

夫人は口をはさみ、身を乗り出す。

「どんな方法で、それにとりかかったのですの。あたしも関心を持って、それにとりくんでおりますの。お話し下さい」

「ええ、そのお話に来たのです。あやうく死をまぬかれた人たちをたずね、その体験を聞いてまわったのです。たとえば、事故にあい、となりにいた人は死んだが、当人は助かった。急病になり、もう少し手当がおくれたら助からなかった人。そんな人たちから、その瞬間のことを、できるだけくわしく思い出してもらい、記録をとったのです。本人の了解をえて、催眠術で思い出してもらったこともありました。危機一髪で死んでしまった人の話も聞きたいが、それは不可能。しかし、こちら側からばかりとはいえ、死と生との国境の存在について、おぼろげながらわかってきた……」

亭主と夫人、しらずしらずひきこまれる。発明家は話しつづける。

「……国境のむこう側についてもっと知りたいが、それはむり。越境したとたん、不法侵入で殺されてしまいますからな。あはは。ま、これは冗談。しかし、こちら側にいながらにして、国境のむこう側をのぞくことはできないか。あれこれ考えているうちに、アイデアがうかび、一気に作りあげた品が、すなわちこれです」

と発明家は、自信ある動作で、小型トランクをたたく。

＊

霊魂たち、みな驚き、問題の小型トランクと、発明家にくっついてきた霊魂の女とをみくらべる。しかし、女はだまったまま無表情。

＊

亭主と夫人、発明家に言う。

「本当にそんなものをお作りになったの……」

「その点については、ご自分でおためしになって下さい……」

発明家は小型トランクをあけ、なかの品をとり出す。双眼鏡の筒を太く短くしたようなもので、小さなアンテナ、そのほかさまざまな付属品がくっついている。

「……どうぞ、これでだれかをのぞいて見て下さい。その人にとりついている霊魂を見ることができます」

＊

霊魂たち、感心した表情。春子などは身づくろいをはじめる。

＊

発明家、装置のボタンを押す。オルゴールが鳴り、ショパンの葬送行進曲のメロディーが流れる。

「この曲を流すことにより、国境のむこうの連中の気を静め、油断させるわけです」

＊

その曲を聞き、昭一郎、春子に言う。

「なつかしいな。ぼくたちはこの曲で結ばれたようなものだ。ぼくたちにとっての結婚行進曲……」

＊

夫人、発明家に装置をむけてのぞく。

「あら、ほんと。あなたのうしろに、なにか人かげのようなものが見えるわ……」

それから亭主にむける。

「……あなたのうしろにも、人かげが。やっぱり、あたしの説は正しかった。だけど、像がぼやけてるわねえ。女のようでもあるし、男のようでもある。もう少しはっきりしないものかしら。これだと、あたしの霊感と大差ないわ。いえいえ、なんでもない。これはただのひとりごと。あら、ぶつぶついうような音がしてるわね、この装置。なんの音なの」

装置から、意味のわからない、ささやくような声が聞こえてくる。発明家、説明する。

「それは霊魂の話している声です」

霊魂たち、おたがいに見つめあう。

＊

亭主、夫人にかわって装置をのぞく。

「もうちょっとはっきりしないものかな。もどかしく、いらだたしい」

発明家、手を頭にやりながら言う。

「わたしだって、いらいらしているのですよ。焦点と波長が、もうちょっと合えばいいのです。さらに精密さを高めれば……」

「それなら、そう改良なさればいいのに」

「そこなんですよ……」

発明家は自分に言いきかせるように、残念そうな声を出す。亭主は装置を見ながらうなずく。

「これがみごとに性能を発揮すればなあ。いろいろな役に立つだろうに。たとえば、むかしの人のかくした財宝なんかが、発見できるんじゃないだろうか。金銀をつんだ海賊船が沈没しているとする。どこに沈んでいるのか、現代の技術でも調べにくい。しかし、その乗務員の霊魂と会話ができれば、場所を聞き出すことができるわけだ。

地下の埋蔵金についても、また同じ。その霊魂たち、それに思いが残って成仏できないでいるにちがいない。掘り出して使ってあげれば、その人たちの霊もすくわれるというものだ。こっちももうかる。しかも、無税とくる。いいなあ。金を貸す場合だって、相手の信用度の調査にも、ずいぶん役に立つんじゃないだろうか。そいつについている霊魂と話せばいいのだから。うそ発見器なんかより、はるかにいい……」

ひとりで空想をひろげてゆく。

「……子供のころ、タイムマシンにあこがれたことがあったなあ。時間を旅行できるタイムマシンがあれば、過去のいろいろな人と話ができるのに、と。かくれたる歴史的な事実、現実的な事実をさぐり出せる。たとえば、大発明のアイデア、名作の構想をえながら、ものにできなかった人たちがいたはずだ。それらを、時間を越えて現代に復活させうるはずだ。タイムマシンが欲しかった。しかし、この装置は、それとまったく同じ効果をあげてくれるわけだ。すばらしい。改良のための資金がおいりようなら、出させて下さい。応援させて下さい」

夫人もそれにつづけて言う。

「占いも便利になるわ。ずばりずばりと的中するわね。しかし、あまり百パーセント的中させたんじゃ、気味わるがられる。そこで、いかにひかえ目に告げるかという、技術の問題になっちゃうわね。他人を、思いのままにあやつることもできる。すごいことになるわ。だけど、この装置が普及しちゃうと、ありがたみが薄れるわね。一台だけ作り、それも秘密にしておかなくちゃあ……」

＊

老紳士の霊魂、感嘆の声をあげる。

「すごいものを作りましたなあ。科学技術の進歩は、驚くべきことをなしとげる。早く完全な形への改良ができるといいですな。あれができあがったら、わたしは現世の連中に意見を伝え、残してきた事業を、さらに大きくできるというものです」

しかし、ノミ小僧はこう言う。

「新入りは人がいいねえ。ありゃあ、いかさまさ。おそらく、あのなかにスライドとテープがしこまれていて、なにかが見え、なにかが聞こえるってからくりさ。第一、さっき、おいらたち、だれも話しちゃいねえのに、あれから声が出ていた。おかしいじゃねえか。なあ……」

ノミ小僧、発明家についてきた女の霊魂に同意を求める。女、無表情にうなずく。それを見て、老紳士はがっかり。

「やっぱり、だめか……」

ノミ小僧はべつな感心のしかたをしている。

「それにしても、あいつ、巧妙だなあ。名人芸だ。自分はだまったまま、相手が進んで金を出したがるように、ことを運んでいる。詐欺の研究をやってただけのことがある。うめえもんだな。最初に、詐欺の研究をやってたことを打ちあける。それによって、自分が詐欺師でないことを、それとなく知らせた感じにしてしまう。たいていえの連中、ひっかかるぜ」

＊

亭主、夫人とともにしだいに熱中してくる。

「ぜひ応援させて下さい。見とおしはどうなんです。資金はいくら不足なんです」

発明家は小型トランクのなかから、二枚の大きな書類を出してひろげる。

「これが設計図です。アンテナの角度。ここに微妙な調整装置が必要なのです。映像の顔の口の部分に、正確にむけなければならない。それから、レンズの表面にぬる特殊透明塗料。この塗料の厚みと、焦点との関係が、これまた微妙なのですよ。早くいえば、これは精密工業に属することなのです。しかしね、理想的な精密さを持たせようとすると、大変な金と時間がかかります……」

「そうでしょうね」

「しかし、そんなにまでするのは、お金がもったいないし、ばかげています。要するに、実用になる程度であれば、それでいいわけでしょう……」

発明家はもう一枚の書類の説明に移る。

「……そこでです。これが資金計画表です。ここに、ぼやけた写真から鮮明な写真まで、何段階にもわけて、順に何枚かをはってあるでしょう。どの程度が適当か、その点で迷っているところなのです。そばに数字が書いてあるでしょう。それぞれ、その段階のを完成させるに要する費用なのです。鮮明さを高めようとすると、費用がぐんとはねあがる。どんな程度でいいものでしょうね。表情を知る必要があるかどうか。ソバカスまでは見わける必要などないが、ホクロの位置ぐらいは知るべきか。いや、ホクロなんかはどうでもよく、大体の人相さえわかればよしとすべきか……」

発明家は淡々とした口調。その作戦が効果をあげ、亭主と夫人はさらに熱中。夫人は書類を指さしながら亭主に言う。

「この程度の鮮明さはほしいわねえ」

「しかし、費用がぐんとはねあがるし」

発明家は、あまり執着なさそうに言う。

「ご迷惑でしたら、よその人にあたることにしますかな。心当りがないわけでもない

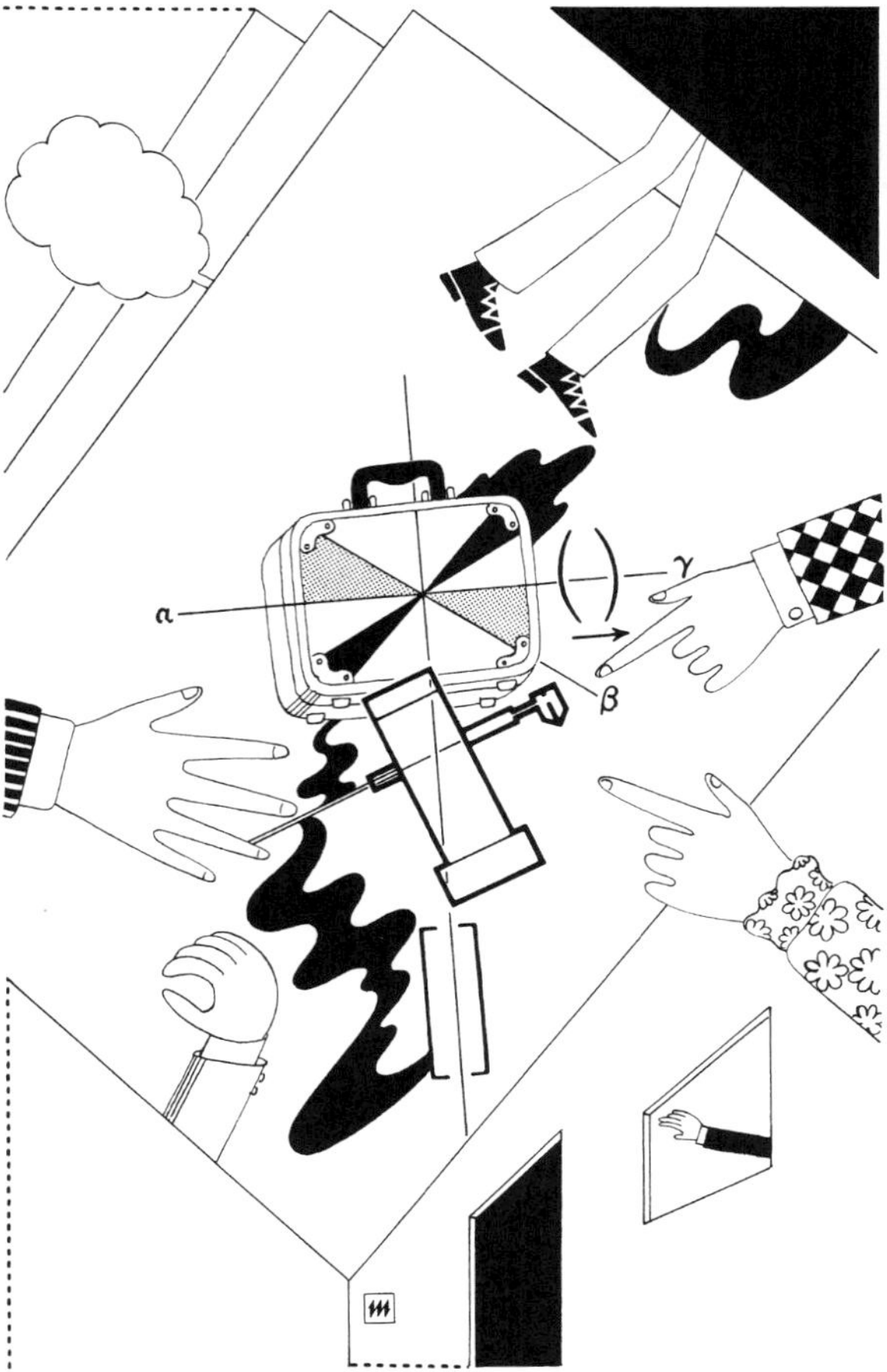

a
β
γ

んです」

亭主、夫人とともにあわてて引きとめる。

「まあまあ、そんなことおっしゃらないで下さい。お金ならあるんですよ。あの絵のうしろの金庫に、いくらでもあります。応援させて下さい。ほかの人に、この計画を話してはいけませんよ」

夫人も言う。

「そうですわよ。秘密にすることで、その装置の価値は一段と高まるわけですわ。天知る、地知る、われ知る、なんじ知る。秘密をこれ以上ひろげないようにしましょう。壁に耳あり、障子に目あり。はかりごとは密なるをもってよしとす……」

発明家、心配そうに聞く。

「そのへんに盗聴装置なんかがあったらことですが」

「大丈夫ですよ。発明家だけあって、産業スパイを気になさるわけですね。毎日たんねんに掃除してますから、その心配はありません。安心して打ち合せできます……」

と三人、顔をよせ、ひそひそ相談。

＊

亭主と夫人とが近づいたので、昭一郎と春子も近づく。例によって抱きあい、あつあつムード。しかし、発明家にくっついてきたスポーティな服装の女、表情を変えずに、それには無関心のようす。

老紳士はひとりつぶやいている。

「現世の人たちは、金とか秘密とか、かけひきとか、だましあいとか、そういうたぐいが好きなのだな。むなしいような気もするが、わたしにはああいう感情がなつかしくもある」

＊

その時、廊下のほうのドアが、ブザーもなく勝手にあけられ、二人の男が入ってくる。いずれも、サングラスをかけた三十歳前後。亭主、彼らに言う。

「なんです、あなたがたは」

「ここは景気がよく、確実と聞いてやってきた」

「おかげさまで好評です。しかし、ご予約がないとだめですよ。いまは、来客中で大事な話の最中です。べつな日にお願いします。どのようなご相談ですか。それだけおうかがいしておきましょう」

「金銭さ。お金をいただきたいというわけ。いただければ、すぐに帰りますよ」

二人組のうちの、首領らしき男は、ポケットに手を入れ、なにやら凶器を持っていそうな動作。夫人は高い声をあげる。

「あら、それじゃあ、まるで強盗じゃないの」

「ええ、まあ、そういうわけです。ずばり的中、あなたは、なかなか勘のいいかただ」

「そりゃあ、そうよ。あたしには霊感があるのよ。霊の力があたしを守ってくれているの。あなたがた、おとなしく帰りなさい。さもないと、不幸に見舞われるから……」

「どうですかねえ。そのへんになると、信じられませんな。その霊とやらを、おぼろげながらでもいいから見せてもらえれば、信じてもいいが……」

と首領はにやにや。

＊

侵入してきた二人の男には、それぞれ年配の婦人の霊魂がくっついている。いずれも、江戸時代の大名家の奥御殿づとめといった服装。首領にくっついてきたほうの婦人と、ノミ小僧、顔をあわせ、両方で舌をぺろりと出し、あいさつ。老紳士、ノミ小僧に聞く。

「知りあいなのかね」

「ああ……」

部屋のなかにいる霊魂たちがだいぶふえたので、ここでいちおう復習的に整理をする。

亭主にとりついているのは春子。夫人にとりついているのは昭一郎。この二人は依然として、抱きあったり顔をみあわせたり、愛しあいムード。

衝立《ついたて》のむこうには和服姿の女が眠っており、それにとりついているノミ小僧の霊魂が、衝立のそとに立っている。

発明家にとりついている霊魂は、スポーティな服装の十八歳の女。以後、若い女と称することにする。

侵入者の首領にくっついてきた婦人の霊魂。ノミ小僧とは顔みしりらしいが、これは以後、婦人Aと称する。

子分のほうにくっついてきている婦人の霊魂は、以後、婦人Bと称する。

それに、この家の娘ウサコにとりついている霊魂、生前に一流会社の社長だった老紳士。ウサコのいるのはとなりの室だが、一定の距離内ということで、この部屋内にいられる。

老紳士、ほかの霊魂たちに言う。

「面白くなりそうですなあ。霊魂を見せれば信じてやると言われ、あのいかさま装置が、これからどんな役割をはたしますか。じつは、ここの金庫には、強力催眠ガスの出る非常装置がついてるんですよ。あの小さな机の上の洋酒にも、眠り薬が入っている。それらがうまく活用されるといいんですがね」

若い女、老紳士をたしなめる。

「だまってなさいよ。そんなこと聞いちゃうと、さきの楽しみがなくなるわ」

「そんなつもりで言ったのじゃありません。楽しみをさらに高めるんじゃないかと思ったからで……」

「だから新入りは困るのよ。つまらない解説をつけちゃう。いい、教えてあげるけどね、あなたが現世で生きてた時、あたしがとりついてたのよ。だから、あたしはこの世で先輩であるばかりでなく、あたしからみればあなたは子供みたいな感じなのよ。どこのバーによく出かけてたか、みんな知ってるのよ」

そう言われ、老紳士はうろたえる。

「あ、それは存じませんでした。なんとごあいさつ申しあげたものか。いろいろとお世話になったことでしょう。知らなかったとはいえ、失礼申しあげました。今後とも、よろしくご指導のほどを……」

ていねいにあいさつをされ、若い女は満足し、親しい口調となる。

「そう恐縮することはないのよ。生前は生前、いまはいまなんだから。あたしね、生前スピード狂だったの。オートバイを走らせていて、事故おこして、即死しちゃったの」

「お若いのに惜しいことでしたね」

「世の中のことをほとんど知らずに死んだんですものね。でも、霊魂になってみて、世の中をもっと知ることができるとわかったわけよ。そこでまず、大会社の社長にとりついてみたのよ。社会の最も複雑なとこを見物してみようと思ってね。あなたの死ぬ四年前ぐらいから、一年ぐらい前までの、三年間よ。いろいろなことがわかったわ」

「そのころのわたしのことは、なにもかもご存知ってわけですね。恥ずかしくてなりません。どうぞ、すべてご内聞に……」

「あたしは話さないわよ。話したって、どうってことないもの。それより、そのうち、あなた自身の口から、だれかれにむかって、自分の生前のことをなにもかも話したくなるわよ。時間はたっぷりあるんだし、長い退屈のなかにいると、自分の秘密なんか、話題として、たちまちのうちに使い切っちゃうものよ。もっとも、だれもあまり熱心に聞き手になってくれないけどね。現世の人間たちの私生活を見あきてるわけでしょ」

「そういうものかもしれませんな」

「だからね、あたしたち霊魂にとって最後まで残る楽しみは、生きている連中のおこす事件を見物する以外にないわけ。それには、先を知っちゃわないほうが面白いでしょ。先を知りたがるのは、生きている連中だけでいいのよ。生きている連中は先を知ることができないから、それを知りたがる。だけど、あたしたち見物するほうは、知らないほうがいいわけよ」

「傍観者であり、それ以上でも以下でもない……」

「まあ、そうね。正確にいえば、やじうま的な傍観者ってとこかしら。その現場にいあわすことができるって点では、やじうま。生きてる人にも、やじうまって多いわねえ。どういう心理なのかしら。異った生活に数多く接したい、人生を何回も体験したいという欲求のあらわれかもしれないわね。霊魂になれば、それはいやというほどできるのに。だけどね、あたしたち霊魂が現世のやじうまとちがう点は、絶対安全という点でしょうね。手を出すこともできないけど、とばっちりをくうこともない。生きている人たちがテレビで事件の現場からの中継を見てるのと同じく、安全は保証されている。しかも現場にいあわせている。このあたりに、あたしたちの特権があるわけだから、それを楽しむのが第一と思うのよ」

そこへ、春子と抱きあっている昭一郎が口をはさむ。

「安全だなんておっしゃってるがね、ぼくたちは、この世へ来てやっと結ばれた二人なんだ。ぼくたちがとりついている、どっちかの人物が死んでごらんなさい。そうなったら、ぼくたちはしばらくのあいだ、別れ別れになってしまう。はらはらしてるんですよ」

「お気の毒ね。うらやましいと言うべきかしらん。でも、どうしようもないでしょ。こっちがいかにさわげど、現実世界に手は出せない。最悪の場合を考えながら、スリルを味わいなさいよ。ほんとにうらやましいわねえ。現世の事件でスリルを味わえるなんて」

「ひとごとのように言わないで下さい。ぼくたちは気が気じゃないんですから」

昭一郎、春子を強く抱きしめる。

＊

侵入者の首領は、亭主と夫人に言う。

「さあ、そろそろ考えがまとまっていいころだ。金を出すのか、出さないのか」

亭主は答える。

「出さないですむのなら、それに越したことはないんですがねえ」

「なにをのんきなこと言ってるんだ。いったい、いままでなにを考えていた。まず、ひとりずつ痛めつけて、決心をうながしてやる。おい、そいつをつかまえろ」

首領は子分に命じ、そばにいた発明家をつかまえさせる。発明家、腕をねじあげられながら、悲鳴をあげる。

「痛い、痛い。やめて下さい。わたしはここの者じゃないんですよ。たまたまいあわせただけだ。むちゃだ、こんな目にあわされるなんて」

首領、平然と言う。

「そんなこと、おれの知ったことか。ここの者を最初にぶちのめし、気を失ったりされたら、金のありかを聞けなくなる。まあ、悪いめぐりあわせと、あきらめるんだな」

発明家、亭主と夫人に訴える。

「なんとかして下さい。わたしを見殺しにする気じゃないでしょうね。そんなことになったら、あなたがたをうらみますよ。ねえ……」

「わかってますよ。でも、ちょっと相談する時間ぐらい下さい」

亭主、夫人とひそひそ話す。机の上の装置を指さしたりする。あの発明家は、貴重な人材なのだ。殺されでもしたら大変。つめたくあしらったりしたら、装置を持ってよそへ行ってしまうだろう。二人は困惑の表情。

＊

若い女、老紳士に言う。

「知りたがりやの新入りさん。今回だけ例外として教えてあげるわ。あたしのとりついている発明狂、じつはあの侵入者の一味なのよ。詐欺の研究家だけあって、巧妙なもんでしょ。裏の裏まで計画しているわけよ。発明したと称する装置で資金をだまし取ろうにも、人間、いざ金を出す段になると、冷静に再検討したりする。その時、いんちきのばれる可能性が強い。だけど、いまなら、相手の空想と期待はふくらみはじめたところ。人質としての価値が最高になっている状態でしょ」

「なるほど、考えたものだな。しかし、よく侵入者のタイミングがあったものだ」

「それはね、あの装置のなかに、かくしマイクがしかけられていて、それから送られる会話を、そとで受信して聞いてたってわけよ。人質としての芝居。あんなに大げさに痛がるなんて、演技だからこそできるんでしょうね。ほらほら、痛がってもがきながら、絵を指さしているでしょ。金庫の場所を教えているのよ。それに、あの悲鳴。

あの悲鳴も、非常ベルはないようだということを知らせてるのよ」

「ほんとなんですか……」

と老紳士が言うと、侵入者についている霊の婦人Aと婦人B、うなずく。老紳士なげく。

「……ああ、なんという悪知恵のある連中。わたしが死んでから、現世のほうは一段とひどくなったようだ」

＊

首領が返答をせまって大声をあげる。

「おい、どうするつもりなんだ」

すると、衝立のむこうで女の声。

「どうってことないわ……」

「だれだ、おまえは」

「あたしは、あたしよ……」

＊

ノミ小僧が言う。

「や、さっき飲んだ自白剤とかいうのが、まだきいてやがるみたいだぜ」

＊

首領、首をかしげながら言う。

「なんだか、聞いたことのある声だな。だれか衝立のむこうにかくれているらしい。まのぬけたような声を出している。おい、そこでなにをしている」

と声をかけると、ねむそうな女の声。

「主人の浮気のことで、ここへ相談に来たのよ。そのうち、なんだかいい気分になって、横になっているの。ねえ、指示を与えて下さらない。あたし、どうしたらいいの。浮気な主人には、困りきっているのよ。その相手の女を、のろい殺してちょうだい。霊界とつながりがあれば、それくらいできるでしょ」

「よし、指示を与えてやる。そんな場合じゃないのだぞ。ねぼけていてはいかん。おまえの命にかかわるぞ。おきろ。おきろ。目をあけておきあがり、手をあげてこっちへ出てこい。声を立てると、ただじゃすまんぞ」

「ええ……」

衝立のむこうから、女が出てくる。和服の上に、裏の赤い黒マントをはおり、両手をあげているという異様な姿。ふるえながらの出現。侵入者たち、一瞬びくりとする。女、目をこすり、首領を見て声を出す。

「あら、あなた。こんなとこで、なにしているのよ」

＊

首領についている霊魂の婦人A、ノミ小僧に言う。

「とんだところで奥方とのご対面、恐悦しごくでございますわねえ」

＊

首領、妻に言う。

「質問はこっちでしたい気分だが、おれは、その、つまり仕事をしにやってきたんだ」

「仕事ですって。サングラスをかけたりして、頭でもおかしくなったの。運命についての予言を求めてきたの……」

妻あたりを見まわし、変な顔になる。

「……おかしいわねえ。さっきは、うす暗く、宇宙の神秘的な霊気がただよってたのに。いったい、あなたなにしてんのよ。遊んでいるの。ふざけてるにしちゃあ、ただならぬ感じね。あなた、毎日まともな会社へ出勤し、まともな仕事をしてるはずでしょ……」

「これには、深いわけがあってね……」

「さっぱりわけがわからないわ」

首領の妻、ふらふらと近づく。それを見て、そんな事情を知らない夫人、声をかける。

「気をつけなさいよ。しっかりして。そのサングラスの二人の男は強盗なのよ。凶器を持ってるかもしれないわ」

「まあ、強盗ですって。まさか。この、あたしの主人は、まじめな会社員のはず……」

と言いながら、あたりを見まわす。これまた事情を知らぬ発明家は、自分の役割の痛がるふりをつづけている。

「……そういえば、そうみたいね。先生の予言となると、一考の価値があるわ。なんだか、謎《なぞ》がとけてきたみたいだわ。あなた、あたしにかくしごとをしてたのは、このことね。ほかに女がいるのかとばかり思ってたけど。まじめな会社員のふりをして、じつは強盗をやってたわけね。よくもあたしを、結婚以来だましつづけてきたわね……」

首領たじたじとなる。

「こりゃあ、とんでもないことになった。計算に入れてなかった。不幸に見舞われるという予言は、このことだったのかな。衝立のむこうで眠らせたままにしといたほうがよかった。寝た子を起したってのは、このことだな」

「なにぶつぶつ言ってるのよ。どう弁解するつもり」

「まあまあ、落ち着いてくれ。なにもかも、おまえを愛していればこそだ。おまえにいい生活をさせてやりたい、欲しがるものを買ってやりたい。事実、おまえにねだられたものは、たいてい買ってやっているはずだ。夫としての、その苦心を察してくれよ。まともな会社づとめじゃあ、とてもそれだけの給料は手に入らない。収入をよくするには、さらにまともな仕事をしなければならないとわかった。すなわち、この仕事だ」

「強盗のことね」

「やってみると、そう軽蔑《けいべつ》したものじゃないぞ。頭を使って綿密な計画を立てなくてはならない。スリルもある。少しの油断も失敗につながる。大会社づとめのように、おくれず休まず働かず、年功序列で昇進保証という、ぬるま湯の世界とはちがう。つねに全力投球、責任ある行動。生きがいにみちている。さまざまな追憶も、心のなかにつみ重なっている。いい人生だ。いや、そんなことはどうでもいい。おまえに喜んでもらえるだけの、大金が入る。おれの生きがいは、おまえだけだ。そのために、おれは人生のつな渡りをやっている。かくしごとはよくなかったが、敵をあざむくには、味方をもだ。これこそ成功の原則、ここをわかってくれ」

「わかってきたわ。ほかの女と浮気をしてたのじゃないとわかって、あたし安心したわ。そんなにまで愛してくれてるなんて、あたし気がつかなかった。あたしがばかだったのね。いま目がさめたわ。あなたが出所する日まで、あなたの面影を胸にいだいて、あたし何年でもお待ちしますわ」

「ばか、おれはまだ逮捕されていないんだぞ。うまくゆきつつあるのだ。いいか、とりあえず、おれのいう通り、おとなしくしていてくれ」

「ええ、いいわ……」

首領の妻、ここの夫人にむかって言う。

「……ここへご相談に来たかいがありましたわ。悩みはすべて解決、主人に女はいないという、先生のお言葉どおりでしたわ。すばらしい霊感ですわね。さっきまでの心のもやもや、うそのように消えてしまった。お礼申しあげますわ。料金はと、あ、前払いしてありましたわね」

まだ薬がきいているのか、いくらか論理がおかしい。夫人、顔をしかめて言う。

「よかったわね。だけど、そのマントだけはおいてってよ。持って帰ったって、あなたにはなんの価値もないでしょ」

＊

老紳士つぶやく。

「劇的なる愛情のシーンというところだな。印象的だ。愛はあらゆる道徳に優先するというわけか」

昭一郎、春子と抱きあったまま言う。

「愛情の強さにいまごろ気がつくなんて、すこし頭の回転がおそいんじゃありませんか」

ノミ小僧は言う。

「ね、おいらのとりついてる女、なかなかのもんでしたでしょ。思いつめる性格と、とぼけた性格とを、かねそなえていやがる。だから上玉なのさ。もっとも、おいらが予告解説をやらなかったからこそ、劇的シーンを楽しめたってわけだけどさ……」

＊

思いがけないことで、侵入者側の人数がひとりふえたという形になる。夫人がっかり。

「ああ、なんということ。あたしの守護霊よ、祖先の霊よ、お助け下さい」

それを聞いた昭一郎。

「それができないんだ。悪く思わないでくれ。ぼくはあなたにとりついているが、守護のためでもないし、そちらの祖先に関連してもいない……」

首領についている婦人Aを指さして話しつづける。

「……このかた、あるいはノミ小僧さんのほうが、もしかしたら祖先の家系につながっている可能性が多い。何代か前の人の兄弟とかいう形でね。ぼくだってあなたに死なれちゃ、春子さんと別れなければならず、困るんだ。しかし、ぶじを祈ることしかできないんですよ」

　　　＊

老紳士はつぶやくように言う。

「わたしは新入りなので、頭の切り換えが完全でなく、ただ見物してることにもどかしさを感じますな。事態の改善に手を貸したくてね。しかし、それのできないのがいいんでしょうね。もしできたら、大変なことになる。われわれ霊魂たちが、ああやれこうやれと人間を動かしはじめたら、現世のほうは大混乱。もう想像もできないほどのさわぎでしょうな。霊魂のなかには、死の瞬間を楽しむやつが出てくるかもしれない。生きている人間につぎつぎととりつき、あやつり、はなばなしい死を楽しむ。使いつぶしたら、またつぎの人間にとりつく。こりゃあ、最大の快楽かもしれませんな。しかし、そうなったら、それで死んでやってきた霊魂たちにうらまれる。生前の行動を見物されてた、これはがまんができます。だが、生前の行動がなにもかも他に支配されていたのだった。これはがまんできませんな。そのことをめぐって、こちらの世界が大混乱、収拾がつかなくなる。なんにも手が出せないおかげで、双方ともうまくいってるといえましょうな」

＊

首領、亭主に言う。

「さっきから、つまらんことで時間をくっている」

「わたしのせいじゃありませんよ。あなたの奥さんのせいだ」

「うるさい。つべこべ言うな。さあ、金を出せ。金はどこだ」

「金なんてありませんよ」

「ごまかすな。あの壁に飾ってある絵の裏あたりに、はめこみ式の金庫がありそうだ」

夫人、目を丸くする。

「あら、よくわかったわね。大変な霊感の持ち主だわ。強盗なんかやめて、占い師になったほうが賢明よ。やりかたなら、あたしが教えてあげる。それだけの霊感があるのなら、占い師になるべきよ。強盗より合法的で、強盗よりもうけもあるわ」

「そうか、やっぱり絵の裏か」

と首領。亭主は夫人に文句を言う。

「ばか。誘導尋問にひっかかったな」

首領は子分に命令する。

「これではなかなかはかどらない。能率をあげよう。その二人をしばってしまえ」

「はい、はい」

子分はすなおに首領の命令に従う。首領の妻からマントを取り、それを亭主と夫人とにかぶせ、その上から用意のヒモで二人をしばりあげ、床の上にすわらせる。

＊

子分についている霊魂の婦人Bにむかって、昭一郎と春子、抱きあいながらお礼を言う。

「これで、しばらくいっしょにいられます。おかげさまで」

「べつに、わたくしにお礼をおっしゃることはございませんわ」

＊

亭主と夫人は、マントをかぶせられ、あたりを見ることができなくなる。発明家それをいいことに、一味であることを公然と示しはじめる。すなわち、腕をねじあげられてもいないのに、ひとりで大げさにさわぎたてる。

「あ、痛い、痛い。骨がぽきんと音をたてたようだ。折れたみたいだ。痛い、痛い。あ、ナイフを突きつけるのだけはやめてくれ。あ、あ、突っつかないでくれ。血が出てきた。助けてくれえ……」

そう言いながら、壁の絵をずらす。はめこみ式の金庫があらわれる。そして、発明家は自分の役割はすんだといった表情で、小さな机の上にあった洋酒のびんとグラスとを持ち、応接セットのほうに行って椅子《いす》にかける。小声でつぶやく。

「悲鳴をあげすぎて、のどがかれてしまった」

首領の妻もそばへ来る。

「あたしも、さっきから喜んでいいのか悲しんでいいのか、お酒でも飲まなくちゃいられない気分よ」

それぞれ、薬が入っているとは知らずに飲む。

＊

霊魂たち、それを見て声をあげる。

「あ、飲んだ」

＊

首領、亭主と夫人とに言う。

「さあ、お客のほうは声も出ないぐらいに痛めつけた。そうなりたくなければ、金庫のあけかたを教えろ。どう番号をあわせればいいんだ。心配するな、なかの現金をもらうだけだ。証券まで持ってくつもりはない。そんなものをとると足がつくからな」

亭主、悲しげな声。

「もはや絶体絶命か。こんなことなら、さっきやってきたお客に、気前よく貸しとけばよかった。証文も手形もなしに、利息もきめず、返却の可能性もなく、金を持ってかれるなんて、こんなひどいことはない。神も仏もないものか。死にたいくらいだ。死ねばこんなばかげた目にあわなくてすむ」

＊

それを聞いて、昭一郎と春子、不安げなようすになる。

「そういさぎよい気分になってくれるなよ。ぼくたちが迷惑する。命を大切にしてもらいたいね」

「そうよ。自分だけの命でないことを知っていただきたいわ」

＊

首領、亭主に言う。

「本気で死にたいのか。それなら命をもらってゆくが、いいのかい。返却の可能性なしに命が出てゆくんだぜ」

「いえいえ、ただ言ってみただけです。どうぞ、お手やわらかに」

「それなら番号を言え」

「もう仕方ありません。ねばってみても、助けがきそうにない。教えましょう。右へ40、左へ20、右へ30です」

「わかりやすい番号だな」

「案外、それが盲点なんですよ」

ついに亭主は白状した。その時、子分、首領にむかって言う。

「よし、それまでだ。あんたも、手をあげてもらおう」

その手には拳銃《けんじゅう》がある。首領、それを見てびっくり。

「おい。あぶない。やめろ、ふざけてる場合じゃないぞ。いつからそんなものを持ち歩いてた」

「持ってちゃいけない規則なんてないでしょ。一般社会ならともかく、われわれのような社会においては」

「どういう気だ」

「そろそろ独立したいと思ってね。いまのままじゃ、いっこうに昇進しそうにない。自分の責任で仕事をしてみたくもなりますよ。どこかで優秀な子分をさがしだしてきて、新しいチームを編成するんです。長いあいだ、お世話になりました」

それを聞き、首領あきれて、しばらく声も出ない。

＊

ノミ小僧、老紳士に言う。

「これはこれは、意外なる進展ぶりじゃあねえか。これからどうなるか、当てっこしねえか。うまく当てることができたら、おいらがとりついている女を交換してあげてもいいぜ」

「そうですなあ。悪の栄えるためしがない。だから、あの子分、あんなことを言ってるが、盗賊団に潜入した刑事じゃないだろうか。拳銃を持ってるのも、そのためだ。拳銃をつきつけ、よし、それまでだ、なんて口調もよかった。いま、電話で応援の警官たちを呼び、一味をとらえ、めでたしめでたしじゃないかな。あと味のいい結末になる」

「ひでえ予想だな。新入りは甘くていけねえ。テレビの見すぎだね。生きている連中の世界には、予想の原則なんてねえんだよ。あるのは偶然だけ。偶然とその結果だけ。それを各人が自己の好みで蒐集《しゅうしゅう》し、勝手な理屈をつけて人生観としてるだけさ。悪の栄えたためしがねえという偶然と結果の例だけを集めれば、そんな原理も出来あがっちゃう。逆に、悪事をしなければ栄えないという例だけを集めれば、そんな人生観も出来あがる。強い者が勝つ例だけ集めれば、その原則が確立し、負けるが勝ちの例だけ集めれば、そうともなる。どうにでもならあな。精神分析の医者が、紙にインクのしみをつけ、なんに見えるかなんてよく聞いてやがるが、人生観とか信念とか、それとおんなじことよ」

若い女が口を出す。

「なんでもいいじゃないの。傍観してましょうよ。あたしたちは、なんにも考えずに、ただ見物していればいいのよ。傍観者であっていいのかなんて、やぼなことを言うやつはいないんだし。あたしたち、生きているあいだに、現代人の常識というやつをあてはめ、過去の人をあれこれ批評してきたわ。歴史上の人物をとりあげ、あの人はえらかったと言ったかと思うと、時勢の変化や、あまのじゃく商売の人のおかげで、じつは悪人だったと訂正したり。ばかばかしいこと、やってたものね。それをまた、霊界に来てまでくりかえすこと、ないじゃないの。くだらないわ」

ノミ小僧は言う。

「いやね、おいらはその新入りのかたを、早くこの世界になれさせたくて、そう言ってみただけさ」

「それならいいけど」

＊

子分、首領をおどかす。

「さあ、そっちの応接セットのほうに行って、ソファーに腰かけてもらおうか。あんたが拳銃を持ってないことは知ってる。ふざけたまねはしないほうがいいぜ」

首領、妻や発明家のいる応接セットのほうに行く。さっき酒を飲んだ二人は、そのなかの薬がききはじめており、首領がさわると、二人ともぐったりし、椅子からころげ落ちる。首領、青ざめる。

「こりゃあ、どうしたことだ。おまえのせいだな。この人殺し……」

「なんにもしませんよ。ひとぎきの悪いこと言わないで下さい。わたしだって、盗みはすれど非道はせずの営業方針をつらぬきたいですものね。しかし、二人そろってぐったりとは、ふしぎですねえ。ここの女の人が言っていた、守護霊のたたりかなんかじゃないんですか。そこいくと、わたしゃ、ついている。幸運の女神がついている……」

子分は金庫に近づき、ダイヤルをまわしかける。そのとたん、非常装置が作動し、強力な催眠ガスがふき出し、それを吸って倒れる。

＊

霊魂たち、それを見て声をあげる。

「あ、ひっかかった」

＊

しかし、首領は子分の倒れた原因を知らない。倒れ、拳銃が手からはなれたのを見て、飛びかかる。まず、拳銃を拾う。

「なんだ、よく見たら本物じゃなかった。いっぱいくわされてたのか……」

そうつぶやきながら、あたりにただよっているガスを吸い、崩れるように倒れる。マントをかぶせられ、しばられている亭主と夫人も、やはりガスを吸って眠くなり、床に横になる。

＊

部屋のなかで口をきくのは、霊魂たちだけとなる。昭一郎と春子は、あきることとなく抱きあったり、愛をささやきあったり。

首領についている霊魂の婦人A、言う。

「ほんとに仲のよろしいお二人でございますこと。うらやましいほど……」

ノミ小僧が教える。

「心中したんだとさ」

「楽しそうですわね。ながめていて、ほのぼのとした気分になります。苦あれば楽ありでございますわね。あたくしも心中で死ねばよかった。あなたと毎日顔をあわせていても、江戸時代の思い出話ばかり、ロマンスがめばえてくるわけはないし……」

そこへ老紳士が口を出す。

「年齢のつりあいからいっても、まだわたしのほうが話があうでしょう。ねえ、坊や。じゃなかった、先輩のノミ小僧さん、わたしと人物を交換しませんか。このご婦人のためにですよ」

「あんた、よっぽど、とりついている人物をかえてえんだな。そんなに、あせることあねえのに。しかし、実際に体験してみねえと、わかんないことかもしれねえな。よし、交換してやるか。あんたのとりついてるの、この家の女の子だってねえ。おいら、興味がわいてきた。母親がいんちき占い師、父親が金貸し。面白い家庭じゃねえか。

そんな環境だと、ひょっとすると珍種に成長するかもしれねえ。早ければ五年、おそくとも八年、とんでもない女に成長するにちげえねえ。霊魂にとっちゃあ、あっというあいだだ。それに、この家にいると、いろんな珍事件を見物できそうだ。おいらのとりついていた、その女、もう、かすみてえなものさ。夫が強盗であることに、いつ気がつくか、その光景見物の楽しみを待ってただけのこと。その劇的シーンも、さっきすんじまいやがった。価値も下ったし、有利な交換かもしれねえ。取引きするには潮時かもしれねえ」

「そう言われると、なんだか惜しくなってきたな……」

「と言うだろうと思ったよ。おいら、ただ言ってみただけのことさ。ものごとは考えよう。なにしろ先は長いんだ。未来に希望を持つことさね」

ノミ小僧に言われ、老紳士は聞く。

「みなさんから、先は長い長いと言われるんですが、いったい、この霊魂生活はいつまでつづくんですか」

「その質問はしねえほうが賢明なんだがな。おいら、教えたくねえな。といっても、いずれはわかることだろうし……」

「それなら教えて下さいよ。すでに一回死んでいる。もはやこわがるものもない」

「それがあるんだな。無限という、とてつもなくおっかないものが」

「なんですって。永遠にこれがつづくっていうんですか。ううん……」

「きもをつぶしたような声を出しなさんな。必ずしも永遠じゃあねえ。正確にいえば、人類のほろびる日までということになる。おいら、ほうぼう聞きまわって知ったことだけど、この霊界のシステムは、こうなのさ。なにかの原因で人類の数がへりはじめるとする。するてえと、霊魂のほうの数があまってくる。生きている人間ひとりに、霊魂が二人はとりつけねえからな。そうなると、大先輩のなかの希望者から順に、昇天というか成仏というか、消えることができるのさ。希望しねえやつ、たとえば、火の発明者のごとく執着の残ってるのは、あとまわしとなる。しかし、そんなのは例外だね。消滅できればしあわせさ。人間とその社会を見つくし、あきあきし、あいそづかしをし、だれもうんざりしてるんだ。できるものなら、早く消滅したいものさ。この霊界に心残りはねえよ」

「ちょっとうかがいますが、消滅したあとはどうなるんでしょう。まさか、わたしたちには見えない存在となって、わたしたちのまわりにつきまとっているのでは……」

老紳士、まわりを見まわし、不安げな表情。ノミ小僧は首をふる。

「そんなことはねえだろう。それだったら、完全な無限。まるで救いがねえ。そんないやなこと考えさせないでくれよ」

「どうもすみません」

「むかしは伝染病が大流行したりし、人口が一時的に減少したことがあったらしい。運よく昇天できたのは、そのころまでのことさ。そのごは、ふえる一方。毎年、死ぬ人数より生れる人数のほうが多いんだからな。霊魂は慢性的な品不足。当分のあいだは、だれも消滅できそうにねえな。未来に対する唯一の希望は、人口増加が頭うちになるか、あっというような大戦争。そうなってはじめて、大先輩のほうから消滅できる。あんたよりおいらのほうがお先にだぜ。しかし、いかに期待しても、実現はずっと先のことだろうな。人類の繁栄と平和がうらめしいよ。人口増加の頭うちは、いつのことか。そうなったとしても、あんたのような新入りに消滅の順番がまわってくるのは、先の先……」

「いったい、わたしたちが死んで霊魂にされたってのは、刑罰なんですかね。わたしたち霊魂、人間にとりついているのか、とりつかされているのか、どっちなんでしょう」

「こむずかしい議論になりやがったな。そういえねえこともねえだろうな。おいらたち霊魂は、ものごころつく前の子供にとりつけねえし、ものごころつく前に死亡したた子供は、霊魂になれない。幼児は天国に直行してるんだろうな。幼児のごときけがれない心で一生をすごした人物があり、その人が死んでから霊魂になれるかどうかの観察ができりゃあいいんだがね。そんな実例はひとつもない。人間というもの、ものごころがつくと、なにかしらよからぬことをやりはじめるとくる……」

「すると、やっぱり刑罰……」

「いいや、現象と考えるべきだろうな。人間だれしも、死ぬ時はなにかしら心残りを持っている。あの心中をした二人だって、なにも死にたくて死んだんじゃあねえし。もっと生きたいと思いつつも死ぬわけさ。その願望というか、精神エネルギーというか、それがこんな現象をひきおこしてるんじゃねえかな」

「もっと生きていたいなどと、分不相応のことを念じたことへの刑罰……」

「あんた、刑罰にこだわるねえ。もっとも、新入りだから、現世のなまぐさい概念をあてはめてえんだろうな。もし、どうしてもなまぐさい概念をあてはめてえんなら、刑罰じゃなく、責任と呼びなよ。現世で起っていることはすべて、かつて生きていたおいらたちに責任がある。だから、それを見とどける義務がある。な、こう考えりゃあ、ちったあわかりやすくなるんじゃねえかな」

「それならですよ、もし人類が将来、精巧なロボットを作りはじめたとする。それも人類の責任。わたしたち霊魂は、ロボットにとりつかなくてはならないんでは……」

「おいおい、いやなこと言うなよ。おいらは無限を考えると、げっとなるんだ。たぶん、そこまでの責任はねえんじゃねえかな」

「それにしても、だれがこんなシステムを作りあげたんでしょう」

「知るものか。だから現象なのさ。生きてる時、なぜ生れてきて存在してるのかの問題、だれの手にもおえなかったはずだぜ。なぜ宇宙は存在するのか、なぜ時は流れるのか、わかりますかね。なぜ霊魂となってここにいるのか、わかるわけがねえよ」

＊

部屋のなかで電話のベルが鳴るが、だれも受話器をとるものなく、やがて鳴りやむ。

老紳士が言う。

「このままにしといていいんでしょうか」

昭一郎が言う。

「よくはありませんよ。このままほっといて、この夫婦に死なれると、ぼくたちは困る。あなた、ウサコちゃんに呼びかけてみませんか。あなたは新入りで、なまぐささが残っている。もしかしたら通じるかもしれない」

老紳士はどなる。

「おおい、大変だ、出てきてくれ」

＊

しばらくたち、小さなほうのドアが開き、ウサコが出てくる。そして、部屋のなかを見る。

「机にむかって勉強の本を読んでたら、たちまち眠くなって、ぐっすり。勉強しようとすると、なぜ眠くなんのかしら。眠ってたら、いやな夢を見ちゃった。いやらしいじいさんに、大声で呼ばれ、追いかけられた夢。いやあな予感がして……」

ウサコ、あたりの光景にしばし呆然《ぼうぜん》。

＊

老紳士ぼやく。

「いやらしいじいさんとは、手きびしいね。せっかく親切で呼びかけてやったのに」

それに対して、スポーティな服装の若い女の霊魂が言う。

「あなたにも、そんな経験があるはずよ。あたしがとりついてた時、大切な会合のことを忘れて、あなたいねむりしていた。大会社の社長ともあろうものがなんてことって、あたしほっぺたをひっぱたいてやったの。すると、あなた目をさまし、つぶやいたわ。かわいい女の子がいたので声をかけたら、とつぜんひっぱたかれた。夢のなかとはいえ、ひどい目にあったとね。それから、会合のことを思い出して、あわてて出かけてったわ」

「そんなこともあったかな。申しわけないことをしました。あらためてお礼を申します」

「いいのよ。現世は現世、いまはいま、貸し借りは一線が引かれているんだから。だけど、あたしも死んでからかなりたったのね。声をかけても夢に通じなくなったし、そんなことやる気にもならないし。傍観者としての霊魂の世界になれてきた……」

＊

ウサコは言う。

「悪夢のつづきみたいな感じね。どう、このありさま。どうしたってことなの。いいとしをした連中が、みんな倒れてる。変なにおいもするし……」

ウサコは窓をあける。催眠ガスは拡散しており、ウサコに作用するききめは残っていない。

「……警察へ電話すべきなんでしょうね」

電話機のダイヤルをまわして言う。

「大変なの。すぐ来てちょうだい。みんなのびちゃってるの。ここはブルー・マンションのなかの、現代人生設計相談室なの……」

それから部屋のなかを歩きまわる。

「パパとママはどうしたのかしら。これかしらん……」

ヒモをほどき、マントをとりのけると、亭主と夫人とが眠った姿であらわれる。

「あれあれ、だらしないかっこう。子供には見せたくない姿ね。しっかりしてよ」

と、ひっぱたく。亭主、うめき声を出す。

「ううん」

ウサコ、ひとりずつ別室のほうへ引きずってゆく。

「重いわねえ。いま、おふろ場でシャワーのつめたい水をぶっかけ、そのあとで濃いコーヒーを飲ませてあげるわね」

亭主と夫人とウサコ、小さなドアより別室へ去る。

＊

それにともない、昭一郎、春子、老紳士も別室へ移る。

＊

ほとんどあいだをおかず、廊下のほうの大きなドアが不意に開き、消防署員の服装の男が三人、どやどやと入ってくる。

「どこです、出火は……」

と言いながら、あたりを見まわし、住人のいないのをたしかめ、そのあと、おたがいに話しあう。

「なんてことだ、仲間がみな倒れている……」

机の上のいんちき装置を指さして言う。

「……このなかの、かくしマイクからの会話がおかしくなり、中断した。ここへ電話をかけたが、応答はないし、そのくせ、だれも引きあげてこない。事態が悪化したにちがいないと判断した。そこでボスの指示どおり、下で待っていたおれたちは、消防姿で入ってきた。反対にとっつかまっていても、そのどさくさにまぎれて逃げ出せる」

「まったく慎重な計画だ。犯罪の成否は、逃走の準備にあるのだからな。しかし、打ち合せどおりやってきてみると、このありさま」

「来てよかった。ボス、どうしたんです。しっかりして下さい」

と助けおこされ、首領はねぼけた声。

「へんなガスを吸ってしまった。発明家の先生も、わけがわからず倒れている。われわれを連れ帰ってくれ。金のほうはあきらめよう。ここでは妙なことばかりおこる」

「あの女は……」

「ぐあいの悪いとこで会ってしまったが、おれの家内だ。いっしょにたのむ」

消防姿の一味のひとり、床にのびている子分を助けおこそうとし、声をあげる。

「や、こいつは脈がない。死にかけているようです。大変だ。どうしましょう。救急車を呼びましょうか」

「いいんだ。そいつは裏切ったやつだ。ガスをまともに吸い、それが体質にあわなかったかどうかで、重態におちいったのだろう。ほっておけ。天罰だ。そんな悪人、助けなくていい。手当なんかするな」

部屋の物音を聞きつけ、ウサコが戻ってくる。

「あら、警察へ電話したはずなんだけど、なぜ消防の人が来たの」

警察へ電話したと聞いて、一味はあわて、そわそわした口調。

「かけまちがいじゃないんですか。番号が似てますからね。まあ、仕事だって似たようなものですよ。みなさんをお助けするのが任務です。火事じゃなくてけっこうでした」

＊

消防姿の一味の三人の男、そのうち二人には、それぞれ三十代、四十代の女の霊魂がとりついている。一人にはだれもついていない。三十代の女の霊魂がつぶやく。

「なにか面白い事件があったみたいね。見物しそこなって残念だわ」

婦人Aが言う。

「あとでお話ししてさしあげます」

ウサコとともに戻ってきた老紳士が言う。

「どうなったんですか。この消防の人は……」

ノミ小僧が教える。

「一味の連中が、消防の服装で救出にかけつけてきたということらしいぜ」

「いろんな計略があるもんですな。あの強盗団の首領、なかなか用心深いやつだ。よくもここまで手順をととのえた……」

「いや、あの発明家の知恵さ。詐欺の研究をやってただけのことはある。というわけで、おいらも行かなくちゃならねえ。あばよ、縁があったら、また会おう。時間はたっぷりあるんだから、いずれどこかで必ず会えるぜ」

「それまで、お元気で……」

「ばかだね。死ねるわけねえじゃないか」

＊

ウサコ、消防姿の者を呼びとめて聞く。

「運んでってくれるのはありがたいけど、まだひとり残ってるようよ」

「よく眠っているので、しばらく動かさないほうがいいんです。また、あとで……」

一味はドアから出てゆく。大机の上のいんちき装置も書類とともに小型トランクに入れられ、持ち帰られる。ウサコ、ソファーにねそべり、つぶやく。

「ほんとに変な日ねえ」

＊

人物たちいなくなり、たくさんいた霊魂もだいぶへる。いま部屋のなかにいるのは、ウサコにとりついている老紳士と、床に倒れている子分についている婦人Bだけ。老紳士が言う。

「えらいさわぎでしたねえ」

「たまには、こんな見物もようございますわ」

「あ、さっきの消防姿のなかにひとり、霊魂のついてないのがいた。あれに乗り換えればよかった」

「いくらも機会はございますわ。それに、男の霊魂が男に、女の霊魂が女につくのは、あんまりしっくりしないようでございます。なぜだかわかりませんけど……」

婦人B、退屈そうに答える。その時、倒れていた子分、霊魂となって立ちあがり、あたりを見まわし、つぶやく。

「こりゃあ、どういうことなんだ」

婦人B、感激もなくつぶやく。

「おやおや、このかた、だめにおなり遊ばしたようですわ。わたくし、とりつくべきべつな人をさがさなくては……」

と言いながら、開いたままになっている大きなドアから、廊下へと出てゆく。老紳士、子分の霊魂に言う。

「いいですか、落ち着いてわたしの話を聞きなさい。あなたはいま、霊魂の世界にうまれたのです。おめでとう。よくいらっしゃいました」

「なんのことやら、さっぱりわからん。変なガスを吸ったまではおぼえているが。あのガスのおかげで頭がおかしくなったのかな」

「そんなことじゃありません。早くいえば、あなたはいま死んだのです」

「うまれたとか、死んだとか、いったい、どうなってるんだ……」

と下を見て、大声をあげる。

「……や、おれのからだだ。えらいことになった。ただごとじゃない」

「そこに倒れているのがおれならば、しゃべっているおれはだれなんだ、その疑問はごもっともです。しゃべっているのが霊魂となったあなたで、倒れているのは、ぬけがらみたいなものですよ。いまはさぞショックでしょうが、やがてなれますよ。わたしも当初はそうでした。お気持ちはよくわかります」

「そういうものですかねえ」

「大丈夫、先輩のわたしの言うことです。信用しなさい」

＊

その時、救急車の乗員が、開いている大きなドアから入ってくる。診察鞄《かばん》を持ったのが一人、タンカを持ったのが二人。いずれも白衣をつけている。診察鞄を持った男がウサコに言う。

「どこですか、大惨事は。ばたばた倒れたとかいう電話だったそうですが。おじょうちゃん、わたしは医者です。かなりの事故らしいというので、応急処置のため、同乗してきました」

「あれえ、こんどは救急車なの。警察を呼んだつもりなんだけどなあ。やっぱり番号をまちがえたみたいね。あたし、びっくりしちゃってたもの。でも、救急車も警察も、

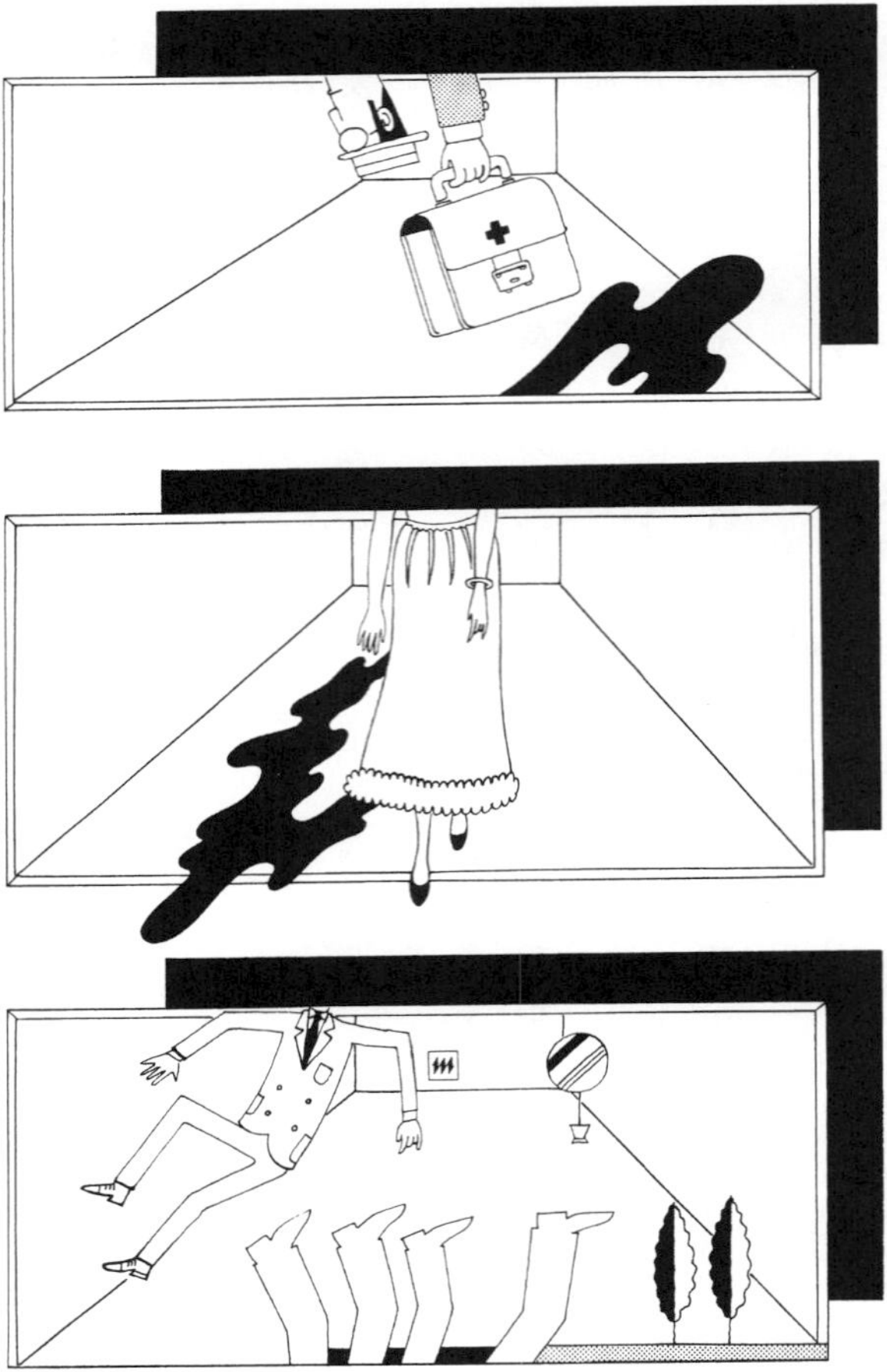

似たようなものなんでしょ」

「そうとは限りませんよ。で、どこなんです。ばたばた倒れている人たちは」

「それがねえ、さっきまでは本当に大惨事だったんだけど、あらかた片づいちゃったの。パパとママはむこうの部屋にいるわ。なにか注射してちょうだい。うんと痛いやつがいいわ。ねぼけてるみたいなの。おびえながら、ねぼけてるみたい」

「それでは、すぐ手当しましょう」

医者はほかの二人とともに、小さなドアから別室に行く。ウサコはドアのへんに立っている。

＊

医者にくっついてきた霊魂は、二十代の美女。ほかの二人には、それぞれ年配の女がとりついている。しかし、それぞれ別室へと移動する。

そのあいだ、部屋には老紳士と、できたての子分の霊魂。子分が言う。

「霊魂になったのかもしれないが、動けない。ぬけがらからはなれられない」

「もうすぐはなれられますよ」

＊

医者たちは部屋へ戻ってくる。医者、ウサコに言う。

「パパとママは、まもなくはっきり目がさめますよ。催眠ガスを吸っただけです。おや、ここにもひとり倒れていますね」

「この人も同じことのようよ」

ウサコに言われ、医者はかがみこんで子分を診察し、顔をしかめる。

＊

老紳士、医者にとりついている霊魂の美女に話しかける。

「いかがですか、あなたの毎日は」

「まあまあね。この先生、突発事故専門のお医者さんでしょ。だから、事故見物でちょっと刺激的だったわ。でも、そのくりかえしでしょ、あきちゃうわね。といって、まるで刺激のない人へ移ると、これまた退屈でしょうし。あたし、まださとり切れないみたいね。新入りだからよ」

「わたしは、もっと新入りですよ。退屈しごくなんです。だれかにこの女の子を押しつけたい気分ですよ」

「そうすればいいじゃないの。そこにできかけの新入りがいる。その人に押しつけ、あなたはとりつく人物をべつにさがせばいいわけでしょ」

「そうですな……」

＊

医者、子分のからだにカンフル注射をし、鞄のなかから出した装置のコードの一端をコンセントにさしこみ、心臓へのショック療法をこころみる。ウサコが聞く。

「おじちゃん、なにしてんの。おもしろそうね。あたしにも手伝わせてくれない。大きくなったら看護婦さんになろうかと考えてるのよ」

「いま大事なところ。とまった脈を動かそうとしてるのです。おじょうちゃん、じゃましないで……」

＊

老紳士、美女に言う。

「このできたての新入りに、この家の女の子を押しつけるとして、わたしがとりつくのに適当な、あいている人物、どこかにいませんか」

「このお医者のうちの、中学生の女の子、まだだれもとりついていないわ。どうかしら」

「それはいい。それにとりつけば、毎晩あなたとお話ししながらすごせることになる」

「そりゃあそうだけど、なんてこともないわよ。どこもおんなじ。住めば都よ」

「かもしれませんが、ここよりはいい。ここの夫妻には、心中した二人がとりついている。ひまがあれば愛をささやきあっていて、わたしは会話に加われないのです」

＊

医者、子分の反応を見ながら言う。

「うまくいきそうだぞ。ほとんど止っていた脈が、強くなりはじめた」

と手当に熱をいれる。

＊

それにともない、立ちあがっていた子分の霊魂、かがみこみ、肉体に戻りはじめる。

老紳士つぶやく。

「おやおや」

医者についている美女の霊が言う。

「命をとりとめるらしいわ。医学の進歩のせいね。このお医者、なかなか手ぎわがいいのよ」

「ああ、せっかくよそへ移れるチャンスだったのに。ちくしょう。医学の進歩め。がっかりだ……」

「あせることはないわよ。先は長いんだし、いつでもチャンスはあるわ。なにしろ、人間にくらべて霊魂のほうが相対的に少ないんだから、町を歩いていて、むこうから霊魂のくっついてない人間がやってきたら、すれちがいざま、ぱっと乗り換えればいいわけでしょ。もっとも、移ったからには、もとへ戻りにくい。いまより面白くなるかどうかはわかんないけど。でも、乗り換えるという選択の自由があるだけ、いいわよ。現世の人間のほうが多いんだから。これは医学の進歩のおかげでしょ。こんちくしょうとばかりは言えないわ」

「そういう考え方もありますな。さっき会ったノミ小僧の霊は、医学の進歩のおかげで、なかなか昇天できないとぼやいていたが」

子分の霊がからだに戻ると、さっきはなれていった婦人Bの霊魂がドアから帰ってくる。

「この人、生きかえったようでございますね。わたくし、戻ってきましたわ。そのへんさがしたんですけど、めぼしいのがありませんでした。どこへ移っても大差ございません。おなじことなら、住みなれたこの人にとりついていることにいたします」

と言う婦人Bに、老紳士は言う。

「そういうものですかね」

「大名屋敷にご奉公しておりました。簡単につとめ先を変えられない職場。その生前の習慣が抜けないのでしょう。それに、長くとりついていると、情が移ってくるようでございます。この人にとっては、知らぬが仏なのでしょうがね。わたくし、生前は犯罪などにはまるで趣味がございませんでしたが」

「いまは、声援したい気分にもなっている、ですか」

「そんなふうでもございます。霊魂と、それのとりついている人物。なにかすごく対照的なようですが、けっこう調和し、バランスがとれているようではございませんか。気のせいかもしれませんけど。似合いの霊魂といえそう。生前に自分が知らなかった分野の生活、それを見物したいと、無意識のうちに、そんな人物を選んでとりついてしまうのかもしれませんわね。これはわたくしの想像でございますが」

＊

子分、目を開いて低くうめく。ウサコ、感嘆の声。

「すごいわね。脈のとまってた人を生きかえらせちゃった。あたしの脈がとまった時も、たのむわね。すぐ電話するから」

「やってあげますよ」

医者、ほかの二人に命じ、子分をタンカの上にのせ、ドアから運び出す。

＊

それにともない、婦人Bの霊も、美女の霊も、そのほかの霊も、手をふりながら出てゆく。ドアしまる。

＊

ウサコつぶやく。

「やっとすんだみたいね」

＊

いま、この部屋にいる霊魂は老紳士だけ。

「あの新入りのやつ、もう少しのところで、肉体へ戻ってしまった。いまの男の正体と動機、結局わからずじまい。とりついていた婦人に聞いてみればよかったが、行ってしまったいまでは手おくれ。わたしは一味に潜入した刑事と予想してたが、金庫をあけようとしたところをみると、やはりただの仲間割れだったのかもしれないな。一味のなかの、あの自称発明家、詐欺の研究家だけあってなかなかの策士らしいが、あいつが裏で筋書きを作った、強盗団内部のクーデターだったのかな。思いがけないボスの妻の出現、薬入りの酒、そんな突発事件がからんだため、なにがなんだかわからない形になってしまった。いろいろな場合が考えられるな。真相はどうなのだろう。きょうの関係者の霊魂たちに、そのうち会えたら、聞いてみるとするか。しかし、生きている連中の世界って、大部分こんなものだろう。ずばりと完結するのは、テレビのなかのドラマだけのこと……」

＊

亭主と夫人、小さなドアから出てきて、応接セットの椅子《いす》にそれぞれかける。亭主が言う。

「やれやれ、なんてことだ。みんないなくなったな。どうしたんだ」

ウサコ、教える。

「警察へ電話したつもりなんだけど、番号をまちがえたみたいだわ。消防の人たちがやってきて運び出し、残った一人は、救急車のお医者さんがきて、脈のとまってたのをなおして連れてったわ」

「さっぱりわからん。絶体絶命になり、意識を失い、気がついてみるとみんな消えている。悪夢みたいだ。どことなくそらぞらしさが残る点まで、悪夢に似ている」

夫人は亭主に言う。

「警察へ電話をかけましょうか」

亭主、立ちあがって金庫を調べ、戻ってきて言う。

「金庫はあけられていない。あの非常装置のガスが出たらしい。わたしたちが眠ったのは、そのせいだ。つまり、被害はないし、倒れたはずの連中もいなくなってしまった。警察を呼んでもしようがないんじゃないかな。あれこれつまらんことを、ねほりはほり質問され、そのほうが被害だ」

「あら、あの霊界をながめる装置もなくなっちゃった。発明家もいなくなっちゃった。あたしたちが煮えきらないので、すくいの手をさしのべてくれないのかと、腹を立てて帰っちゃったのかしら。残念ねえ。すごい発明品だったのに」

「マントをかぶせられ、動けないでいる時に、あいつ痛がって悲鳴をあげてたな。あの悲鳴、なんだかそらぞらしさがあったな。もっとも、こっちはすぐ眠ってしまったが。警察を呼ぶと、あの発明品の話もしなくてはならない。うさんくさい表情になるだろうな、まじめな警官たち……」

「寝椅子の上の女、起きあがって、あなたとかなんとか言ってたわね。侵入者のひとりの奥さんだったみたいよ。自白剤のきいてるうちに、事情を聞き出しておけばよかった。あの発明家が来たので、そのひまがなかったわけだけど」

＊

昭一郎と春子、例によって抱きあったまま。

＊

亭主、夫人に言う。

「おまえの霊感だと、どうなんだい。真相は」

「霊感のひらめくひまなんかなかったわ。たしかに、なにもかも一連の悪夢のようだったわ。みんながぐるだったようにも思えるし」

「いや、大変な飛躍だな。おまえは霊感のひらめかない時のほうが、非凡なことを言うな。かりにぐるだったとして、あれだけの芝居、なんのためにやったというんだい」

「たとえばね、調査料と称して、高いお金をとっている金融業者の摘発のためとかね。正面から乗り込んだのじゃ、書類をかくされたりしてうやむやになる。そこで非常手段、ああいう手のこんだ芝居をうって、書類を調べるってことないかしら。世の中、複雑になってきてるからねえ」

「おい、おどかすなよ。ばかばかしい飛躍だが、そんなこと言われると、ぎょっとする。しかし、なあ、いまの想像、いんちき占い師の実態調査、摘発の準備、それが目的だったともいえないこともないよ」

「いやなこと、言わないでよ。まともな仕事よ、あたしのは。人を救い、世の中をよくするためにやってるんだから」

亭主も夫人も不安げな表情。まるで事態が理解できないので、気分が落ち着かない。それを見てウサコが言う。

「パパもママも、まだ頭がおかしいみたいね。眠り薬がきき、興奮剤がきき、どっちつかずで混乱してんのね。一生けんめいに最悪の事態を想像しあってるみたい。むこうへ行って、ベッドで少し休んだほうがいいわよ。そのうち、どっちかの薬のききめがおさまり、眠るか起きるか気分がきまるんじゃない。なにも急いで結論を出すこともないわよ。時間はたっぷりあるんだから。あら、時間がたっぷりあるなんて言葉、なぜ頭に浮んだのかしら」

亭主、夫人に言う。

「ひと休みするか。べつに被害はなかったようだし。これからはお客を厳選することにしよう。量より質だ。おい、ウサコ、ドアに鍵《かぎ》をかけといてくれ。あとで金庫の番号を変えなくちゃならないな」

亭主と夫人、少しふらつく足どりで、ドアから別室へ移る。

＊

それとともに、昭一郎と春子も去る。

＊

ウサコ、ドアに鍵をかけ、椅子などをきちんとなおしながら、部屋のなかを歩きまわる。

＊

老紳士、そのあとをくっついて歩く。

「つまりは、面白い事件だったといえるんだろうな。侵入者たちの正体とか、あれからどうなったのか、いささか不明だが、まあいいだろう。いっぺんになにもかもわかってしまったら、そのあとの退屈を持てあますだけだ。新入りのわたしにみなが言っていたが、時間はたっぷりあるらしい。ああなったのかもしれない、こうなったのかもしれない、などと空想することで、その時間をつぶしてゆくのが賢明のようだ。しかし、わたしも少しずつ、この世界になれてゆくようだな。そのうち、また変った事件を見物できるだろう。それを楽しみに待つとするか。それへの期待でもなかったら、たまったものじゃない。コンピューター支配の、事件の起りようのない統一された社会にでもなったら、ことだな。それを考えると、ぞっとする。生きている連中、ごたごたをおこすことが死者たちへのなによりの供養だと、知っているかな。知ってもらいたいものだな」

＊

ウサコつぶやく。

「あたしも、むこうでテレビでも見ようっと。なんか、すごい番組でもやってないかしらん。学校が休暇になると、退屈だわ。時間がたっぷりあるって感じ……」

と、つぶやきながら別室へ行く。

＊

老紳士、そのあとにつづく。

「生きている連中が、もっとごたごたをおこしてくれるよう、祈りたい気持ちだな……」

ちょっとふりむき、さらにつぶやく。

「……祈ったって、あまりききめはなさそうだがね」

とドアをくぐって別室へ。

＊

別室へのドアを、ウサコがむこう側からしめる。

あとがき

書下ろし新潮劇場というシリーズの一冊として、戯曲を書いてみないかと持ちかけられた時、正直いって驚いた。その方面の才能など、まったくないのだ。もしかしたらあるのかもしれないが、玉みがかざれば光なしで、ないのと同様である。

かつて某出版社が文士劇なるものを行事としてやっていたが、出ようなどという気はおろか、見に行こうという気にもならなかった。むかし、小学校、中学校で学芸会というものがあったが、それにまつわる思い出もない。

そりゃあ、歌舞伎、新劇、新派、新国劇と、ひと通りは見ている。エノケン、ロッパの舞台も見た記憶がある。テレビ普及以前、若いころの話で、しかも数えるほどである。見れば面白いこともわかっている。それでも、どうも出かけるのがおっくうなのである。

舞台でのドラマは、いかなる状況にあるのか、なんとか理解するまで時間がかかるということも、原因のひとつである。もっとも、芝居好きの人は、その過程がいいというのだろう。開演してしばらく、ざわつきのため、せりふがよく聞きとれない。しかし、しだいになんとかわかってきて、ひきつけられてゆく。たしかに魅力のひとつだ。そのへんのこつが、私にはまるでわからない。

開演して五分以内に状況ののみこめるような芝居があったらと思うが、最初のうち静かでなかったら、かえってわかりにくくなるかな。そこへゆくとテレビのドラマは、あんまり見ていないが、なにがどうなっているのか、早い段階でわかるようになっている。

私の小説について、読みやすいと評されることが多いが、それはなるべく早く状況をあきらかにしようという書き方をしているからである。文章の問題ではないのだ。読みにくい小説というのは、事態がどうなのか、なかなかのみこみにくいせいなのである。これに関しては、いずれくわしく論じたい。

考えてみると、私の友人のなかには、広い意味で言っても、演劇関係者はほとんどいない。いかにそっちに無縁かである。

小学校の同級生に、藤浪光夫君というのがいた。彼はやがて家業である芝居の小道具の仕事をつぎ、四代目藤浪与兵衛となった。研究熱心で、小道具についての本を出版し、長谷川伸賞を受賞した。その出版記念会が開かれ、私も出席した。盛大で、演劇関係者の有名人が何百人と集った。あいさつをかわしたのは、戸板康二さんと、当時、東京新聞の芸能担当だった槌田《つちだ》満文君だけ。槌田君は中学で同学年という関係である。

まあ、つまり、そんなしだいなのだ。

そこへ、戯曲を書かないかである。どういうつもりなのか、わけがわからん。自信がない。それを断わらなかったのは、二つの理由からだ。

そのひとつ。もともと私の短編は、主人公があまり動きまわらない。ある部屋のなかだけのような、限られた場所で完結しているのが多いのだ。戯曲と、その点は共通している。

それと、もうひとつ。こっちのほうが重要なことだろう。たまたま、この『にぎやかな部屋』の人間と霊魂というアイデアが浮かんでいたのである。小説にしようとしたが、どうもうまくまとまりそうにない。しかし、戯曲の形にすれば……。

そこで、ふたたびその気になってきた。舞台を想像しながら読んでもらえれば、この設定の話も進展するのではないか。

読んでもらう。そう。上演しようなど、まったく念頭になかった。くりかえすようだが、芝居の作り方など、なにも知らないのだ。読んで楽しんでいただければ、それでいい。

珍しいしろものと呼べるのではないか。既成の演劇への挑戦にもいろいろあるらしいが、こういうのはあまりないだろう。

いや、書きながら、一回だけ考えた。テレビでやれないものかと。もちろんカラーだが、霊魂たちだけが白黒テレビのようにうつるのである。すぐ、そんなこと出来るわけがないと気づく。しかし、そんなイメージで読んでもらえると、わかりやすいと思う。

そのうち、テレビ怪談というのがはやるかもしれない。画面の一部がぼやけ、そこに色つきでない人の顔があらわれるといった……。

参考のためにと、戯曲集を何冊か買ってきた。しかし、なんと読みにくいこと。なれの問題である。友人に小説より戯曲のほうが読みやすいというのがいるが、なれればそうなるのかもしれない。

かつて私も、三島由紀夫の戯曲をいくつか読み、小説よりもいいのではないかとの読後感を持ったことがある。作者が小説家で、読みやすい形を頭において書いた。また、読む側も、その作風を知っている。それらによって、すんなり入れたのだろう。

しかし、すぐれているとはいえ、三島の戯曲が彼の小説を上まわって売れ、読まれているとは思えない。

とにかく、とっつきにくいのだ。たぶん私の唯一の戯曲となるはずのこの作品に、読者になれを要求するのも本意でない。

ずいぶん前になるが、私はどこかの出版社の人に、内外の名作戯曲を小説形式にして本にしたらと提案したことがある。会話のカッコの上の名前とト書きを、地の文に移すだけの手直しである。それだけでずいぶん読みやすくなり、売れるのではと思ったのだ。

子供のころ「少年講談」というシリーズを愛読した。たしか、会話のカッコの上に、発言者の名がついていたはずだ。また、そのころに好んで読んだ落語の本も同様で、熊とか八とかがついていた。

しかし、そのごずっと、そういうのを読んでいない。なれていたとしても、忘れてしまったのだ。

そのご、ある文庫で古典落語を出し、驚異的な売れ行きを示した。なにが原因でと現物に目を通したが、会話のカッコの上の名をはずしたせいのようだ。大変な冒険だったはずだ。落語を活字にするのに、こういう前例がない。だれの発言なのか、わかりにくくなる可能性もある。しかし、冒険なくしては、なんの進歩もない。編者、編集部、いずれの判断によるものか知らないが。

やってみると、意外にすっきりである。会話の多い小説は読みやすいといわれるが、その典型である。現代的だ。

そもそも日本語は、男言葉、女言葉、敬語、謙譲語、微妙な使いわけがあって、登場人物が少なければ、だれの発言か説明不要で通じるのである。その他大勢の発言は、ほっといていい。

多少の混乱も、とっつきやすさのプラス面のほうが大きく、結果的に売れたというのだろう。内容は面白いのだから。

というわけで、私は『にぎやかな部屋』を、このような表記で書いた。文庫の古典落語を見たからではない。書いたのは、こっちのほうが早いのだ。読みやすさを優先させたわけである。上演するために書いたのではないのだ。

それなのに、三年前の夏、関西のあるプロデューサーが各方面から俳優を集め、上演したいと言ってきた。正直な感想は、よせばよいのにである。自由に手直しして下さいとも言った。いま思えば、手なれた脚本家に手伝ってもらえばよかった。

余談だが、私の短編『賢明な女性たち』を桂米丸さんが落語にし、時どき口演している。落語というものは、客席との交流で、試行錯誤がおこなわれ、少しずつ変化し、面白い形へと移行する。笑いとは関係のない部分だが、美人の形容で「だれだれさんみたい」の名前の部分が、時の流れとともに変ったりするのである。

そんなことが頭にあったのだ。しかし、望むべくもない。ラジオでの放送の場合、私はなるべく原作どおりにと念を押している。安易な改変は困るのである。しかし、これらを論じたら横道にそれる。

大阪で、二回上演され、私は二回目のを見た。稽古不足で第一回目はひどかったらしいが、私の見た第二回目は、わりとよくなっていた。舞台の大道具にくふうがあって、気のきいた部分もあった。演出家、出演者の苦労は、大変なものだったろう。しかし、より多くの人に見せたい、見てもらいたいという出来ではなかった。そのつもりで書いたのではないのだ。

だから、理想的な上演とは、読者の頭のなかでなされるもの以外にありえない。それがすばらしい出来でありますように。

昭和五十四年十一月

星　新一

この作品は昭和四十七年四月新潮社より刊行された。

にぎやかな部屋《へや》

新潮文庫　ほ－4－20

昭和五十五年一月二十五日　発行
平成十九年十一月十五日　三十三刷改版
令和五年九月三十日　三十六刷

著者　星《ほし》　新《しん》　一《いち》

発行者　佐藤隆信

発行所　株式会社　新潮社

郵便番号　一六二―八七一一
東京都新宿区矢来町七一
電話　編集部(〇三)三二六六―五四四〇
　　　読者係(〇三)三二六六―五一一一
https://www.shinchosha.co.jp

価格はカバーに表示してあります。

印刷・株式会社光邦　製本・株式会社大進堂

ISBN978-4-10-109820-3 C0193